U0097326

古典詩歌研究彙刊

第七輯

龔鵬程 主編

第 14 冊

王安石詩研究（下）

陳 錚 著

國家圖書館出版品預行編目資料

王安石詩研究（下）／陳錚 著 ── 初版 ── 台北縣永和市：花
木蘭文化出版社，2010〔民99〕

目 4+186 面；17×24 公分

（古典詩歌研究彙刊 第七輯：第 14 冊）

ISBN 978-986-254-129-6（精裝）

1.（宋）王安石 2. 學術思想 3. 傳記 4. 宋詩 5. 詩評

851.4515 99001796

古典詩歌研究彙刊
第七輯 第十四冊 ISBN：978-986-254-129-6

王安石詩研究（下）

作　　者 陳錚
主　　編 龔鵬程
總 編 輯 杜潔祥
出　　版 花木蘭文化出版社
發 行 所 花木蘭文化出版社
發 行 人 高小娟
聯絡地址 台北縣永和市中正路五九五號七樓之三
　　　　 電話：02-2923-1455／傳真：02-2923-1452
網　　址 http://www.huamulan.tw 信箱 sut81518@ms59.hinet.net
印　　刷 普羅文化出版廣告事業
初　　版 2010 年 3 月
定　　價 第七輯 20 冊（精裝）新台幣 28,000 元

王安石詩研究（下）

陳錚 著

目

次

第五章　王安石詩的題材內容

　　前章探討的是王安石詩歌的風格特色，本章將從包羅宏富的題材內容上去分析。王安石一生懷抱用世的熱忱，從地方民生以至中央政治，事事關心，因而有所謂論政詩。他高標自許，然而宦途並不平順；再加名聲四起，謗亦隨之，時而萌生歸歟之志，因此有述志抒懷的詩。他遊宦各地，最令他魂牽夢縈的是鄉土與親人，因此有抒情之作。他才高識遠，議論古今人物事理，多有卓見，因此有詠史詩和說理詩。他雅好登山臨水，於觀覽風景地勢、憑弔古跡之際，託懷寄意，因此有登臨題。他平日與朋友往來送行皆有詩，因此投贈和酬之作為數可觀。他罷相隱居，遣情世外，以山水雲月鳥魚詩文為友，因而有閑適詩。此外，還有詠物、題畫、寓言、遊戲之作。由於王安石兼具偉大的政治家與詩人雙重的身分，與尋常文士詩家不同，在詩史上且罕有其匹；因此，凡是較能反映他個人特殊的身世際遇，樹立個人及時代風格的作品，便顯得格外的重要了。

第一節　論政詩

　　王安石社會寫實作品，是繼承盛唐杜甫、中唐白居易以來反映政治民生的社會詩傳統，所不同的是，他以從政者的眼光和立場出發，取代傳統文人詩家以情感的訴求為主的寫法。他藉著詩體來倡議政治

的改革，發表個人的政治理念，已然非一般的社會寫實詩所能涵蓋，因此稱它爲論政詩。王安石論政詩的形成，一方面固然與他個人的抱負志向有關，再方面則與時代環境密切關連。北宋對外軍力不振，在強敵環伺之下，只有獻媚事敵，以求一時之苟安。於內則在歲幣、冗兵、冗員費用龐大的負擔下，財政支出嚴重短絀，重斂於民的結果，民眾貧苦不堪。此外旱澇爲災，貧富懸殊，都是內政上的問題。這與唐朝安史之亂，人民處在戰爭亂離的時代，隨時有被朝廷徵調服役的恐慌，或者逃難飽受顛沛流離與凍餒的苦難，是大不相同的。

一、經　濟

　　王安石的論政詩，主要包括經濟、軍事、科舉三類。在經濟方面，以抑制兼并，救濟貧困；或者興修農田水利設施，防止水旱，以增加農民生產的內容爲主。〈兼并〉、〈寓言〉第三首第四首、〈收鹽〉、〈發廩〉、〈感事〉、〈郊行〉、〈促織〉、〈禿山〉、〈酬王詹叔奉使江東訪茶法利害見寄〉屬前者。〈白日不照物〉、〈山田久欲坼〉、〈河勢〉、〈和吳御史汴渠詩〉、〈送宋中道通判洺州〉等屬後者。

　　〈兼并〉是王安石政治詩的典型作品，旨在呼籲朝廷抑制豪強之家兼并土地壟斷資源之風。同時也諫諍朝廷任用橫徵暴斂苛刻搜括民財的官吏，豪民不僅除不了。貧困的人民反而先蒙其害。詩及語譯見前章。無論是謀篇、佈局、結構，都與散文創作的方法近似，尤其文字的風格，與散文幾無二致。〈寓言〉第三首同是作於舒州通判任上，代表王安石基本的經濟思想：

　　　　婚喪孰不供，貸錢免爾縈。耕收孰不給，傾粟助之生。

　　　　物贏我收之，物窘出使營。後世不務此，區區務并兼。

李壁曰：「謂民貨不售，則爲斂而買之；民無貨則賒貰而予之。孰有婚喪而不能贍者，官當貸之；孰有耕稼而不能贍者，官當助之，此公所以爲新法。」又曰：「公詩嘗云：『俗儒不知變，兼并可無摧』，而此詩乃復以挫兼并爲非。」當中指出王安石議論先後矛盾之處。事實

上，王安石主張朝廷經濟政策以救濟貧困，富裕民生爲本，其次才是抑制豪強兼并。這種抽象的議論文字，雖然是政治詩的代表，組織嚴謹，內容充實，具有很強的說服力，然而，文學藝術的感染力相形就比較爲薄弱。〈發廩〉同樣是暴露兼并的弊端，參以事實的具體描述和今昔的比較，便改觀許多，容易引起讀者共鳴：

> 三年佐荒州，市有棄餓嬰。駕言發富藏，云以救鰥惸。
> 崎嶇山谷間，百室無一盈。鄉豪已云然，羸弱安可生。
> 茲地昔豐實，土沃人良耕。他州或皆宏，貧富不難評。

而〈感事〉，深刻地描述官家苛捐稅賦，百姓於豐年尙且不能飽腹，水旱來臨，得不到救濟，還要承受悍吏催租的痛苦，則更進一層：

> 特愁吏之爲，十室災八九。原田敗粟麥，欲訴嗟無賕。
> 間關幸見省，鞭笞隨其後。況是交冬春，老弱就僵仆。
> 州家閉倉庾，縣吏鞭租負。鄉鄰銖兩微，坐逮空南畝。
> 取貲官一毫，姦桀已云富。彼昏方怡然，自謂民父母。

詩末「竭來佐荒郡，懍懍常慚疚。昔之心所哀，今也執其咎。乘田聖所勉，況乃余之陋。內訟敢不勤，同憂在僚友。」流露從政者的良心，正是韋應物「身多疾病思田里，邑有流亡愧俸錢」這種人道精神的發皇。不過，如從文學觀點來看，〈收鹽〉、〈禿山〉二詩，論裁剪緊湊或構思新穎，都勝過前面兩首。〈收鹽〉：

> 州家飛符來比櫛，海中收鹽今復密。窮囚破屋正嗟欷，吏兵操舟去復出。海中諸島古不毛，島夷爲生今獨勞。不煎海水餓死耳，誰肯坐守無亡逃。爾來盜賊往往有，劫殺賈客沈其艘。一民之生重天下，君子忍與爭秋毫。

詩意爲：「州官的緊急文書一件接著一件，到海上緝拿私鹽的行動近來越發頻密了。島上的貧民像囚犯似的，呆坐在破房子裡哀歡不已，而官兵們卻駕著小船不斷來往進出。那些海中島嶼自古以來就是草木不生，土地十分貧瘠，島上居民竟要賴以生存，如今更是困苦了。他們不煮海鹽販賣，只有挨餓等死而已，但是誰肯坐困愁城而不逃亡呢！近來常有盜賊出沒搶劫，殺死商人，鑿沈他們的船隻。一個人的

生命比天下還要貴重，國君怎麼忍心與他們爭奪微末的利益呢！」起首四句真實描敘官軍整治私鹽的決心，從出勤緝拿行動的頻繁可知，並紀錄緝捕的風聲吃緊，鹽民生活窮空，唯能坐而歎息的情景。海中四句，以體諒的口氣指出島民謀生困難，販賣私鹽觸犯法律實有不得已的苦衷。爾來二句，寫人民被迫鋌而走險幹起盜賊劫殺的事件頻傳。末尾二句說明官府不應與民爭利，而將他們逼上絕境，能從大處著眼，反映作者的政治遠見，也興起讀者強烈的同情心。〈禿山〉：

> 吏役滄海上，瞻山一停舟。怪上禿誰使？鄉人語其由。
> 一狙山上鳴，一狙從之遊。相匹乃生子，子眾孫還稠。
> 山中草木盛，根實始易求。攀挽上極高，屈曲亦窮幽。
> 眾狙各豐肥，山乃盡侵牟。攘爭取一飽，豈暇議藏收。
> 大狙尚自苦，小狙亦已愁。稍稍受咋齧，一毛不得留。
> 狙雖巧過人，不善操鋤耰。所嗜在果穀，得之常以偷。
> 嗟此海中山，四顧無所投。生生未云已，歲晚將安謀？

詩意為：「我到海上出公差巡行，遠遠看見一座山，便停下船來。我很詫異，究竟是誰將這座山弄得光禿禿，寸草不生。當地鄉民便向我說明根由。原來是有一隻猴子在山上呼嘯，另一隻聞聲跑來跟牠遊玩，相配以後生下小猴子，子子孫孫後來繁衍愈來愈多了。起初山裡的草木茂盛，各種根莖果實都容易取得，後來牠們互相牽引攀爬到山頂，又曲曲折折找遍所有的角落，每隻猴子都長的飽滿肥壯，這座山終於被侵掠一空。牠們只顧你爭我奪，填飽肚子，那有閒功夫去商量儲蓄收藏。大猴子尚且苦惱找尋不到食物，小猴子何嘗不是也在那裡發愁。慢慢地牠們也開始啃食草根樹皮來了，結果整座山變得寸草不留。猴子雖然靈巧過人，卻不會拿鋤頭耕地。牠們喜歡吃果實穀物，只有用偷的方式取得。這座海中的島嶼四望已無處可去，這樣一代代繁衍下去，到後來將如何打算哪！」這是一則構思巧妙，描寫生動有趣，又能發人省思的寓言。王安石藉此譏諷當時大小官員像猴一樣，互相勾結，貪牟利益，弄得國庫窮空，百姓痛恨，可謂匠心獨運。李

壁：「似言天下生齒日眾，更爲貪牟，公家無儲積而上未盡教養之方也。」可參看。而〈促織〉：

> 金屏翠幔與秋宜，得此年年醉不知。
> 祇向貧家促機杼，幾家能有一鈎絲。

〈郊行〉：

> 柔桑採盡綠陰稀，蘆箔蠶成密繭肥。
> 聊向村家問風俗，如何勤苦尚凶飢。

寫的是農民勤苦耕織，卻落得一無所得，可想即知是賦稅煩重苛刻之故。〈白日不照物〉一首文學技巧也很高明：

> 白日不照物，浮雲在寥廓。風濤吹黃昏，瓦屋更紛泊。
> 行觀蔡河上，負土知力弱。隋堤散萬家，亂若春蠶箔。
> 仍聞決數道，且用寬城郭。婦子夜號呼，西南漫爲壑。

詩意爲：「大白日裡太陽照不到萬物，天上一片烏雲密佈，黃昏時狂風不斷掀起了巨浪，屋瓦更是被颳得到處亂飛。我在蔡河上一路觀察，看見人民挑土的模樣，知道他們和洪水搏鬥已經精疲力盡了，隋堤上散滿千家萬戶，亂哄哄吵嚷嚷的，就像箔上的春蠶一樣。還聽說要再掘開幾道水路，以紓解洪水對京城的威脅。婦女孩子在夜裡嚎啕呼喊，西南面一會的功夫全被洪水淹沒，變成一片汪洋。」這首詩作於嘉祐初年，是王安石當日現場目擊情景的翔實紀錄。首二句描述眼前實景，卻含有百姓得不到宋廷溫暖照拂的象徵意義。風濤二句寫洪水發生的時間，和它來勢兇猛、摧毀民房的慘狀。行觀二句寫人民爲保衛家園精疲力竭地搶修河隄。隋隄二句寫地勢低窪地帶已遭洪水淹沒，人民紛紛遷至高處躲避。形容極鮮活。仍聞二句寫朝廷爲保京城，顧不得人民財產性命。末尾二句寫人民悲傷絕望地哭號，尤其「西南漫爲壑」一句，極沈痛。以洪水暴至，河隄潰決，人民性命房屋農田毀於一旦，而朝廷又自顧不暇，僅圖自保這樣的事實，暴露黑暗矛盾之處，相當成功，全首用入聲韻，更加強了哀傷愁慘的情調。

　　反映民生疾苦政治黑暗的作品之外，也有一些描述年豐民樂的

詩，如〈幽谷引〉、〈元豐行示德逢〉、〈後元豐行〉、〈歌元豐〉五首。〈幽谷引〉以《楚辭》體寫成，內容主要在歌頌歐陽脩守滁時與民同樂的情景，隱括歐陽脩〈醉翁亭記〉而成。〈元豐行〉等七首，均反映元豐初連年穀物豐登，人民歡樂的情形。〈後元豐行〉一首：

> 歌元豐，十月五日一雨風。麥行千里不見土，連山沒雲皆種黍。水秧綿綿復多稉，龍骨長乾掛梁梠。鰣魚出網蔽洲渚，荻筍肥甘勝牛乳。百錢可得酒斗許，雖非社日長聞鼓。吳兒踏歌女起舞，但道快樂無所苦。老翁塹水西南流，楊柳中間杙小舟。乘興欹眠過白下，逢人歡笑得無愁。

為詩中少見的歡樂情景，後四句充分流露政治家「樂以天下」怡然自樂的胸襟氣度。

二、軍　事

　　軍事方面主要有〈省兵〉、〈河北民〉、〈白溝行〉、〈澶州〉二首、〈同昌叔賦雁奴〉、〈次韻元厚之平戎慶捷〉等數首。宋朝由於兵員龐大，財政困窘，大臣文彥博首先提出裁減兵員的主張，王安石〈省兵〉一詩，惟究兵制的缺點，並衡量當時的實際情況，主張必須在人民富足，百官勤儉的前提下，再挑選有統兵才幹的將領，賦予兵權，不致危及國家的安全，才有談論裁兵的一天。詩中採自問自答的方式，思慮縝密，條理清晰，毫無間隙可駁，甚具說服力。詩及語譯見前章。〈河北民〉：

> 河北民生近，二邊長苦辛。家家養子學耕織，輸與官家事夷狄。今年大旱千里赤，州縣仍催給河役。老小相攜來就南，南人豐年自無食。悲愁白日天地昏，路傍過者無顏色。汝生不及貞觀中，斗粟數錢無兵戎。

詩意為：「河北的百姓住在邊境，長期過著艱難困苦的生活。家家養兒育女，長大了學會耕田織布，繳納給官府，都被拿去奉送給敵人。今年天旱的厲害，赤地千里，但是老百姓仍然被州縣官吏催逼去服勞役，做河工。結果老百姓只有扶老攜幼來南方謀生。南方人雖然逢到

豐年，自己也沒有吃的！悲愁痛苦充塞著天地，連太陽也顯得黯淡無光，過路的人都露出愁慘的表情。你們啊！生不逢辰，沒有趕上貞觀時代，當時一斗的米只要幾文錢，而且沒有戰爭的苦難！」以淺白的語句鋪敘慶曆七年河北人民大旱逃荒的悽慘景象，並抨擊朝廷對內重斂於民，對外獻媚事敵的腐敗政策。起首五言兩句，語句雖簡，為人民請願的意思卻很明確。末二句宕開一筆，以當日情況與初唐太平盛世對比，形成強烈的反撥。是很好的一首社會寫實作品。〈澶洲〉一首作於嘉祐四年，內容追論景德元年遼大舉入侵直抵澶淵的一段史實，「南城草草不受兵，北城樓櫓入邊城」二句，批評宋朝邊防鬆懈，與遼人以可乘之機。詩後並褒揚促成和議的寇準應居首功。另一首宜同時參看：

> 紛紜擅將相，誰爲開長利。焦頭收末功，尚足誇一是。
> 歡盟自此數，日月行人至。馳迎傳馬單，走送牛車弊。
> 征求事供給，廝養猶珍麗。戈甲久已銷，澶人益憔悴。

寫宋朝缺乏將才，以至像寇準這樣急中生智，主張御駕親征，竟可以成為人人稱讚的大功臣。並諷刺和議雖然成功，解除一時戰爭的威脅，年年卻要輸送幣帛以應遼國的需索，造成澶州人民生活更為艱困。而〈白溝行〉：

> 白溝河邊蕃塞地，送迎蕃使年年事。蕃使常來射狐兔，
> 漢兵不道傳烽燧。萬里鉬櫌接塞垣，幽燕桑葉暗川原。
> 棘門灞上徒兒戲，李牧廉頗莫更論。

首二句寫白溝河是邊防重鎮，蕃使兩句暴露敵人包藏禍心，而宋兵毫無警戒之心。萬里二句以南北邊境地區情況對比，指出宋朝邊防鬆懈，幾無可守。末句批評朝廷遣將非人，比不上戰國時代趙國的名將李牧、廉頗甚遠。由於白溝古時屬趙，故特別舉二人為例。〈同昌叔賦鴈奴〉一首是用寓言體裁寫成的：

> 鴻鴈無定棲，隨陽以南北。嗟哉此爲奴，至性能惻惻。
> 人將伺其殆，奴輒告之亟。舉群寤而飛，機巧無所得。
> 夜或以火取，奴鳴火因匿。頻驚莫我捕，顧謂奴不直。

嗷嗷身百憂，泯泯眾一息。相隨入矰繳，豈不聽者惑。偷
安與受給，自古有亡國。君看雁奴篇，禍福甚明白。

詩意為：「鴻鴈沒有固定棲息的地方，只隨著太陽南北遷徙。可嘆這些
體型較小而且善於鳴叫的鴈奴，有著一片至誠的本性。人們往往等待鴈
群倦怠時去捕捉牠們，鴈奴便會向牠們告亟。鴻鴈就在鴈奴的警告下，
成群驚醒，立刻就飛走了。人們使用巧妙的辦法也毫無所獲。於是有人
晚上拿燭火去誘捕，等到鴈奴一叫，便將火光遮掩起來，鴻鴈頻頻被驚
醒，卻不見有獵人來捕捉，於是反而責怪鴈奴謊報情況。鴈奴哀叫著，
為著全體的安危而擔憂；鴈群卻安靜地睡著了。結果鴻鴈一隻隻被獵
捕。難道這不是牠們不聽警告執迷不悟的過錯嗎？苟且偷安和受騙上
當，自古以來便常常有因此而亡國的。你看了鴈奴這詩篇，是福是禍就
會十分明白了。」這不能算是社會寫實作品，卻含有政治宣傳的功用。
王安石借鴈寓意，諄諄告誡人們不要苟且偷安，不要輕信強敵，否則便
有亡國殺身的危險。李壁註：「此猶忠臣為國家計，繩昏警惰，眾既不
喜，又共嫉之。」從鴈奴著眼，為王安石自喻，可參看。

三、科　舉

在科舉方面，王安石主張罷詩賦，改以經義、論、策試士，這不
過一時權宜的措施。事實上他反對貢舉制度，而主張以學校培養人材
替代之。只是學校不可一旦而興，貢舉也不能一旦而廢，故主張先釐
革貢舉之科目及方法。〈寓言〉第八首、〈讀進士試卷〉、〈詳定試卷〉
二首、〈試院〉五絕其一，都論及科舉制度的缺失。除〈寓言〉第八
首做於江東提刑任內，其餘均在嘉祐六年，與楊畋、何郯為詳定官時
所作。〈讀進士試卷〉：

文章始隋唐，進取歸一律。安知鴻都事，竟用程人物。
變今嗟未能，於己空自咄。流波亦已漫，高論常見屈。
故今傲儻士，往往棄堙鬱。皋陶敘九德，固有知人術。
聖世欲爾為，徐觀異人出。

詩意為：「以文章取士始於隋唐時代，從那時候起，任用人才便一律

由科舉產生。誰知漢末朝廷以詞賦課試的方式，竟被後世拿來衡量人才的高低。可嘆要改變現今的制度一時還無法實現，只有空自慨嘆著急。科舉的流風已經氾濫，我所提出改革的高見常常被扭曲被否決。因此如今奇傑之士往往被摒於科舉之外，終身抑鬱，才華不得施展。皋陶曾經向舜敘述九種美德，可見知人之術在古代早已經有了。只是朝廷要沿襲前代的制度，繼續舉辦，那我們只有慢慢等著英才出現吧！」詩中直陳詩賦取士的弊端，在於所拔擢的只是能文之士，卻埋沒了真正有才幹的人。同時對於所提出改革科舉的主張遭到反對，感到憂心與無奈。末句「徐」字下得很好，一面反映改革的迫切，一面也顯出科舉制度的重大缺失，諷刺意味極濃。是王安石早期「刻露見痕跡」的代表作之一。〈寓言〉第八首：

> 始就詩賦科，雕鐫久才成。一朝復棄之，刀筆事刑名。
> 中材蔽末學，斯道苦難名。忽貴不自期，何施就升平。

更進一步舉例說明科舉的弊端。士子從科舉出身，所擅長的不過是詩文而已，好比一旦要他們放下筆來，糾察刑獄，卻由於平日不諳律令刑名，無法勝任，那麼又如何寄望這批人才具有治世的才能，將天下治理成太平盛世呢？因此後來王安石變法，主張設立學校，以武學、律學、醫學等與經學並重，儼然已具分科的雛型了。〈詳定試卷〉二首較佳，第一首：

> 簾垂咫尺斷經過，把卷空聞笑語多。論眾勢難專可否，法
> 嚴人更謹誰何。文章直使看無類，勳業安能保不磨。疑有
> 高鴻在寥廓，未應回首顧張羅。

首聯摹寫詳定試卷時如何杜絕弊端，以及輕鬆的閱卷的情形。頷聯為拗折句法，強調「論眾」、「法嚴」，意思是詳定官員們大家意見紛岐，錄取與否，實在很難獲得一致的決定。而且考生們各個詩法都很嚴謹，很難區別誰比誰的詩法更嚴密更高明。頸聯自是千古名言，意思是文章儘管做得好，找不出任何瑕疵；卻又怎能保障他的功業能夠平步青雲，不受挫折呢！道出精於文學卻不一定具有經世的才幹的關

係。末聯是說眞正有才學之士，不要怕科舉埋沒了人才。意思是籲請
朝廷，廣求才之路，因爲奇傑之士不必盡由科舉產生！此詩對仗工
穩，卻溶入散文風格，顯得格外遒健有力。第二首詩法嚴整更勝於前
作。詩及語譯見前章。首聯用揚雄的故事，指出他早年誇耀自己辭賦
做得好，晚年卻頗感懊悔，有「童子雕蟲篆刻，壯夫不爲」之語。頷
聯「當時賜帛倡優等，今日論才將相中」，以今昔相形，諷刺科舉取
士的荒謬，風誦之含味無窮。頸聯「細甚客卿因筆墨，卑於《爾雅》
注魚蟲」，對偶工緻，句法新奇，且出落句皆用典。「細甚」、「卑於」
冠於句首，旨在強調詩賦決科是一種既顯不出眞才實學，又無補於實
用的制度，出句典出《漢書·揚雄傳》：「揚雄上〈長楊賦〉，聊因筆
墨之成文章，故藉翰林以爲主人，子墨爲客卿以風。」落句典出韓愈
之詩，有「《爾雅》注蟲魚，定非磊落人」之句。末聯反用《漢書·
魏相傳》所載魏相「好觀漢故事」，只知「奉行故事」的典故，認爲
詩賦取士的舊制度已經非改不可了，並讚美楊畋支持改革的主張，見
識超過魏相。以上兩首，是宋朝七律典型的風格，有議論的內容，工
穩的對仗，舖排的典故，散文的句法，顯露出雄健奇崛的詩筆，給予
江西詩派莫大的影響。

第二節　詠史詩

　　王安石詠史的作品，在質與量上都很可觀，一系列多達五十餘
首的詠史詩都集中在七絕和五古，只有絕少部份是七古雜言。內容
不外是評定歷史人物的功過是非，或借古喻今，或是自身的寄託，
不但不蹈襲前言，能夠自拓思路，而且透闢奇警，饒有深意。可以
〈明妃曲〉、〈賈生〉、〈商鞅〉、〈孟子〉、〈謝安〉、〈讀蜀志〉、〈開元
行〉、〈楊劉〉、〈揚雄〉六首、〈韓子〉、〈漢武〉、〈范增〉二首、〈張
良〉二首、〈漢文帝〉、〈四皓〉、〈田單〉、〈東方朔〉、〈讀漢功臣表〉、
〈讀史〉等爲代表。

一、寄託懷抱

如〈明妃曲〉第一首：

明妃初出漢宮時，淚濕春風鬢腳垂。低回顧影無顏色，尚
得君主不自持。歸來卻怪丹青手，入眼平生未曾有。意態
由來畫不成，當時枉殺毛延壽。一去心知更不歸，可憐著
盡漢宮衣。寄聲欲問塞南事，祇有年年鴻鴈飛。家人萬里
傳消息，好在氈城莫相憶。君不見咫尺長門閉阿嬌，人生
失意無南北。

詩意為：「王昭君剛要離開漢宮時，淚流滿面，鬢髮低垂，他遲移地
注視著自己的身影，臉色蒼白。儘是這樣，令漢元帝一見了還是無法
自持。元帝回宮以後，便責怪那些畫家，說這樣的美人生平從未見過。
其實人物最美的神情姿態從來是不能描畫出來的，當時殺掉毛延壽眞
是冤枉。這一離去，昭君心裡明白再也回不來了，可憐他帶去那些從
前在漢宮所穿的衣裳都已經穿完了。想要寄個口信問訊塞南家鄉的情
況，只有等待每年鴻鴈南飛的時候。而家人也從遠方傳來消息，要他
安心的待在匈奴不要掛念。你難道沒有看見陳阿嬌，離君王近在咫
尺，結果卻被幽禁在長門宮裡度過他的餘年？人生失意，不論南北，
到處都是相同的啊！」這首詩作於嘉祐四五年多春之交。王安石既不
得意於時，卻又奉命送遼國使者北歸，旅途上滿懷著對朝廷鄉土和親
人的依戀，因借〈明妃曲〉寄意。〔註1〕詩語句句雙關。「明妃初出漢
宮時，淚濕春風鬢腳垂」二句，寫步出國門時依戀不捨的心情。「低
迴顧影無顏色，尚得君王不自持」二句，臨行悵然，腦海裡卻想像著

〔註1〕同時的作品如〈示長安君〉：「自憐湖海三年隔，又作塵沙萬里行。
欲問後期何日是，寄書應見鴈南征。」〈尹村道中〉：「萬里張侯能奉
使，百年曾子肯辭親。自憐許國終無用，何事紛紛客此身。」〈送契
丹使還次韻淨因長老〉：「老欲求吾志，時方摭我華，強將愁出塞，
空得病還家。」〈遇雪〉：「安知花發是歸期，不奈歸心日日歸。風雪
豈知行客恨，向人更作落花飛。」〈眞州馬上〉：「身隨飢馬日中行，
眼入風沙困欲盲。心氣已勞形亦弊，自憐於世欲何營。」正是出使
期間心情的表白，可參看。

那如石沈大海一般的萬言書，終於得到仁宗的賞識。「歸來卻怪丹青手，入眼平生未曾有」二句，猶然想像爲此，仁宗大怒，還責怪大臣，沒有爲朝廷擢拔眞正的人才。「意態由來畫不成，當時枉殺毛廷壽」二句，繼續想著人的才略器識，是很難憑藉一篇文章就能評定的，當日眞是大大的誤會了執政大臣。前兩句反應過激，有失敦厚，此處調筆一轉，曲意迴護，仍含幽怨。「一去心知更不歸，可憐著盡漢宮衣」二句，王安石去京時歸期仍未確定，一路上又寂寞，想像逐漸被誇大，遂懷著一如昭君永遠無法南歸的不安和恐懼，自哀自憐起來。「寄聲欲問塞南事，祇有年年鴻鴈飛」二句，敘述地域上南北隔絕，傳遞消息十分困難，若想知道塞南的情形，雖有倚賴鴻鴈一年一度朝南飛的時候。「家人萬里傳消息，好在氈城莫相憶」二句，寫來自南方親友的安慰，並期盼完成朝廷託付的使命。「君不見咫尺長門閉阿嬌，人生失意無南北」寫不得君王知遇的悵望心情。整首在敘事中夾有議論，句句是去國懷鄉的愁思，句句是才華埋沒不得伸展的怨曲，寫的是多麼委婉動人！第二首：「含情欲語獨無處，傳與琵琶心自知。黃金桿撥春風手，彈看飛鴻勸胡酒。」已透露作〈明妃曲〉的幽旨。前代詠明妃很多，或悲挽昭君，或怨恨毛延壽，或譏漢帝無能寡恩，如白居易：「愁苦辛勤憔悴盡，如今卻似圖畫中。」「自是君恩薄於紙，不須一切恨丹青。」李商隱：「毛延壽畫欲通神，忍爲黃金不爲人。」歐陽脩：「耳目所及尙如此，萬里安敢制夷狄。」以王安石「意態」二句，最是至理，並出人意表！如〈孟子〉：

> 沈魄浮魂不可招，遺編一讀想風標。
>
> 何妨舉世嫌迂闊，故有斯人慰寂寥。

詩意爲：「你久逝的魂魄已然不能招回，然而展讀你的遺著就令人想見你的爲人風格。就算全天下的人都嫌我理想太過高遠，不切合實際，那又何妨？至少有你這位異代知己安慰著我一顆孤單寂寞的心。」據王安石〈上仁宗皇帝言事疏〉：「然臣之所稱，流俗之所不講，而今之議者以謂迂闊而熟爛者也。」及《續資治通鑑長編紀事本末》卷五

十九：「上謂奎曰：『安石眞翰林學士也。』奎曰：『安石文行，實高出於人。』上曰：『當事如何？』奎曰：『恐迂闊。』上弗信，卒召用之。」足見王安石向被朝臣視爲迂儒，不切實際，獨神宗力排眾議，召用執政。因此王安石詠孟子，立即聯想到二人共同的遭遇。《史記·孟子荀卿列傳》：「道既通，游事齊宣王，宣王不能用。適梁，梁惠王不果所言，則見以爲迂遠而闊於事情。當是之時，秦用商君富國強兵；楚用吳起戰勝弱敵；齊威王、宣王用孫子、田忌之徒，而諸侯東面朝齊。天下方務於合從連橫，以攻伐爲賢，而孟軻乃述唐虞三代之德，是以所如者不合。退而與萬章之徒序《詩》《書》，述仲尼之意，作《孟子》七篇。」王安石在詩裡除了讚揚孟子的作品以及爲人，更將他視爲思想上的同調，逆境中精神的慰藉。全詩沈鬱頓挫，音節高亮，是王安石七絕中的佳製之一，周錫韠《王安石詩選注》引證精審，評析平允。如〈賈生〉：

　　　　一時謀議略施行，誰道君王薄賈生。
　　　　爵位自高言盡廢，古來何啻萬公卿！

詩意爲：「當時賈誼的謀略和建議差不多都被採納實行了，誰說漢文帝虧待了賈誼呢！爵位雖高，言論卻不被採納，自古以來這樣的公卿又何止千萬呢！」據陸佃《陶山集》卷十一〈神宗實錄敘論〉：「……熙寧之初，銳意求治，與王安石議政意合，即倚以爲輔。一切屈己聽之，更立法度，拔用人才，而耆舊多不同。於是人言沸騰，中外皆疑。雖安石不能自保，亦乞罷政事。然上獨用之，確然不移。安石性剛，論事上前，有所爭辯時，辭色皆厲，上輒改容，爲此欣納。蓋自三代而後，君相相知，義兼師友，言聽計從，了無形跡，未有若茲之盛也。」則是王安石在京執政時，感於神宗知遇之恩，遂做〈賈生〉詩以寄意。歷來凡詠賈生，多慨歎才高不遇，如唐劉長卿〈長沙過賈誼宅〉：「漢文有道恩猶薄，湘水無情弔豈知。」獨王安石矯然生新，卓識不凡。如〈謝安〉：

　　　　謝公才業自超群，誤長清談助世紛。
　　　　秦晉區區等亡國，可能王衍勝商君。

詩意爲：「謝安的才能功業當然是超然出眾的，但是他錯在崇尚清談，結果助長了社會上唯務空談不務實事的不良風氣，秦和晉後來同樣遭到亡國的命運，怎麼說王衍就勝過商鞅呢！」王安石係根據《世說新語‧言語門》及〈輕詆門〉所載，而翻出新意：「王右軍與謝太傅共登冶城，謝悠然遠想，有高世之志。王謂謝曰：『夏禹勤王，手足胼胝；文王旰食，日不暇給。今四郊多壘，宜人人自效；而虛談廢務，浮文妨要，恐非當今所宜。』謝答曰：『秦任商鞅，二世而亡；豈清言致患邪？』」「桓公入洛，過淮泗，踐北境，與諸僚屬登平乘樓眺矚中原，慨然曰：『遂使神州陸沈，百年丘墟，王夷甫（衍）諸人，不得不任其責。』」內容影射舊黨墨守陳規，不務實事的作風。如〈商鞅〉：

> 自古驅民在信誠，一言爲重百金輕。
>
> 今人未可非商鞅，商鞅能令政必行。

詩意爲：「自古以來統治人民最重要的就是誠信二字，要做到一言爲重，百金爲輕。現在的人不要隨便否定商鞅，至少商鞅能使政府所頒布的每項政令都徹底執行。」王安石做〈商鞅〉一詩，主要是受當日攻擊新法之人所激。他們以桑弘羊比之，又曰挾管商之術。而王安石認爲商鞅執法嚴明這一點，是值得後世肯定並加以效法的，故把握「誠信」二字發揮，予反對者有力的回應。此外如〈讀蜀志〉一首：

> 千載紛爭共一毛，可憐身世兩徒勞。
>
> 無人語與劉玄德，問舍求田意最高。

也是借題發揮。銳意改革，反招致多方的譏謗責難，故以「求田問舍」之語渲泄心中慍怒及哀傷。

二、品評人物

評論歷史人物的功過是非，有如〈范增〉第一首：

> 中原秦鹿待新羈，力戰紛紛此一時。
>
> 有道弔民天即助，不知何用牧羊兒。

詩意爲：「秦朝覆滅，正等待新的政權建立，來統治中原。就在此刻，群雄並起，紛紛卯足了氣力與敵人應戰。只要是能夠解除人民疾苦的

有道之人，自然會得到上天的幫助，何須打著義戰的旗幟，拿楚懷王孫心作爲號召呢！」此詩並不以亞父范增的計策爲然。以爲決定戰爭勝敗的，不是武力，更不是權術，而是人心的向背；而人心之向背，又取決於能否眞正爲百姓解除苦難。又如〈揚雄〉第一首：

> 儒者陵夷此道窮，千秋止有一揚雄。當時眾口終虛語，賦擬相如卻未工。

詩意爲：「孔孟以後儒家思想衰微，長久以來只出現一位揚雄。當時推薦揚雄的人說他的辭賦做的像司馬相如一樣的好，那都是假話。因爲他文章雖然摹倣相如，實際上卻比不上相如工妙。」寫後人並非眞知揚雄，所謂「子雲平生人不知，知者乃獨稱其辭。今尊子雲者皆是，得子雲心亦無幾。」第二首：

> 九流沈溺道眞渾，獨泝頹波討得源。
> 歲晚強顏天祿閣，祇將奇字與人言。

詩意爲：「在東漢思想混淆雜亂的時代，儒家思想衰微不振，只有揚雄獨個能夠一反當時的風氣，爲挽救儒家思想這股頹勢而奉獻心力。只不過到了晚年強顏奉事新朝王莽、寄身天祿閣以後，祇肯和別人討論奇字罷了。」其中「九流沈溺道眞渾，獨泝頹波討得源」造語新穎，且意味深厚。第三首：

> 千古雄文造聖眞，眇然幽思入無倫。
> 他年未免投天祿，虛爲新都著〈劇秦〉。

詩意爲：「數百年來，只有揚雄的文章達到和聖賢一樣眞樸的境界，他幽微的心思更是無所不及的。可惜後來無法避免要投身天祿閣，假意地爲新朝著〈劇秦美新〉。」寫揚雄投效王莽的遭遇值得體諒和同情。王安石平生甚推崇揚雄，至有六首詩以表彰他闡揚儒學的功勞，並爲他著〈劇秦美新〉辯解。還有〈韓信〉：「將軍北面師降虜，此事人間久寂寥」〈韓子〉：「力去陳言誇末俗，可憐無補費精神。」〈子貢〉：「魯國存亡宜有命，區區翻覆亦何人？」〈漢武〉：「君王不負長陵約，直欲功成賞漢臣。」〈讀漢功臣表〉：「本待山河如帶礪，何緣俎醢賜

侯王。」皆含蓄深厚。此外，古詩〈張良〉一首，採先敘後議法，「固
陵解鞍聊出口，捕取項羽如嬰兒。從來四皓招不得，爲我立棄商山
芝」，評論留侯一生功業，在於誘捕項羽和請出四皓。詩末「洛陽賈
生才能薄，擾擾空令絳灌疑」，褒美留侯功成身退，而譏刺賈誼未能
識禍福之機。〈司馬遷〉一首全是議論，起首四句「孔鸞負文章，不
忍留枳棘，嗟子刀鋸間，悠然止而食」，用譬喻手法譏諷子長不知明
哲保身。「成書與後世，憤悱聊自釋」，就《史記》成書的動機加以說
明，自是不易之論。「領略非一家，高辭殆天得。雖微樊父明，不失
孟子直」，評論子長一生學術文章及爲人，末句「彼欺以自私，何啻
相十百」，肯定司馬遷爲李陵挺身的高義。〈諸葛武侯〉一首起句「漢
日落西南，中原一星黃」，寫漢朝衰亡，曹操挾著強大的軍力，頗有
要當上雄主的態勢。「群盜伺昏黑，聯翩各飛揚」二句描寫群雄們乘
著亂世混水摸魚，據地爲王。「武侯當此時，龍臥獨摧藏。邂逅得所
從，幅中起南陽」四句，敘述武侯以一介布衣，躬耕壟畝，被劉備三
顧茅廬請了出來。「崎嶇巴蜀間，屢以弱攻強。暉暉若長庚，孤出照
一方」四句，論蜀漢據至弱之國，而與魏吳鼎足而立，有收復中原恢
復漢室的中興氣象，都是武侯的功勞。「勢欲起六龍，東迴出扶桑。
惜哉淪中路，怨者爲悲傷」四句，嘆息功業未成，中路身亡。怨者謂
李平廖立輩，因服其用刑能無私之故。末句「豎子祖餘策，猶能走強
梁」，揚棄悲傷遺恨的寫法，表示後繼有人。章法雖然穩委，卻覺無
味。不如至「怨者爲悲傷」即收爲佳。

三、借古喻今

　　警世之作則有〈楊劉〉和〈開元行〉。〈楊劉〉是以漢朝楊惲和唐
朝劉禹錫文字獄爲例，警戒作詩當做到「言之者無罪，聞之者足以
戒」。不論楊惲「南山詠種豆，議法過四罪」，及劉禹錫「玄都戲桃花，
母子受顛沛」，都是觸犯時諱，招致悔尤的實例。〈開元行〉寫安史之
亂是唐由盛而衰的關鍵，肇因於玄宗以李林甫、李國忠輔國，所謂「一

朝寄託誰家子，威福顛倒誰復理」、「子孫險不失故物，社稷陵夷從此始」、「由來犬羊著冠坐廟堂，安得西鄙無豺狼」，無疑是警誡人主，知人善任，以免禍國殃民。

四、議論史書

論史籍難於憑信，有〈讀史〉一詩：

自古功名亦苦辛，行藏終欲付何人。當時黯黮猶承誤，末俗紛紜更亂真。糟粕所傳非粹美，丹青難寫是精神。區區豈盡高賢意，獨守千秋紙上塵。

詩意為：「自古以來要建立功業，都要歷盡一番艱辛，一生行事到底交付給什麼人評述才好？生前由於是非不明受到誤解，被人以訛傳訛；到了後世眾說不一，更加混淆了真象。史籍記載流傳下來的，往往是糟粕而不是精華，就如同畫像一樣，最難表現的是人物形體以外的精神。那些微末的記載怎能充份表達賢者的本意，可是，我現在也祇好捧著那記載著千年的歷史卻早已被塵埃光顧的故紙來閱讀。」提出史籍記載往往失實的問題。關於史籍難於憑信，韓愈在〈答劉秀才論史書〉裡早已提及：「且傳聞不同，善惡隨人所見，甚者附黨憎愛不同，巧造語言，鑿空構立善惡事跡，於今何所承受取信？而可草草作傳記令傳萬世乎？」與《臨川集》卷七十三〈答韶州張殿丞書〉：「近世非尊爵盛位，雖雄奇雋烈，道德滿衍，不幸不為朝廷所稱，輒不得見於史。而執筆者又雜出一時之貴人，觀其在廷議論之時，人人得講其然不？尚或以忠為邪，以異為同，誅當前而不慄，訕在後而不羞，苟以饜其忿好之心而止耳，而況陰挾翰墨以裁前人之善惡？疑可以貸褒，似可以附毀，往者不能訟當否，生者不得論曲直，賞罰謗譽又不施其間，以彼其私，獨安能無欺於冥昧之間邪？」均論及史書出於私人的流弊。不幸的是，王安石去世後，肆為訛毀者即多出於私書，而元人又采私書為正史。其後楊慎又斥王安石合伯鯀、商鞅、莽、操、懿、溫為一人，受誣數百年。及至清末民初蔡元鳳、梁啟超，著《王

荊公年譜考略》及《王荊公》二書，才爲之昭雪。

王安石詠史作品，多用翻案手法，除〈明妃曲〉以外，以絕句較佳。故顧嗣立《寒廳詩話》：「證山最喜王半山詠史絕句，以爲多用翻案法，深得玉谿生筆意。」

第三節　閒適詩

王安石晚年隱居的生活，若非有些孤單落寞，大致上還相當悠閒。許多反映閒適生活的作品，如〈南浦〉、〈山中〉、〈題舫子〉、〈題齊安驛〉、〈出郊〉、〈北山〉、〈南浦〉、〈悟眞院〉、〈遊鍾山〉、〈歲晚〉、〈定林院〉、〈半山春晚即事〉、〈徑暖〉等，見前章，本節再略舉幾首。〈初晴〉：

> 幅巾慵整露蒼華，度隴深尋一徑斜。
> 小雨初晴好天氣，晚花殘照野人家。

詩意爲：「頭巾亂了也懶得整理，就聽任蒼蒼白髮露在外邊。我穿過田隴繼續往深處走去，找到一條斜斜的小徑。一陣小雨剛停，天氣放晴，十分怡人，一抹斜陽的餘暉正映照在一戶鄉野人家的花上，顯得那麼嬌美動人。」王安石善於運用色彩和光線的變化，渲染出如畫一般的詩境，並藉以反映內在閒適自在的心情。〈初晴〉是一個明顯的例子。〈雪乾〉：

> 雪乾雲淨見遙岑，南陌芳菲復可尋。
> 換得千顰爲一笑，春風吹柳萬黃金。

詩意爲：「積雪溶化了，陰雲也消散了，遠處的山峰終於露出了山頂。人們可以再度前往南邊的田野上去尋找芳草了。無數顰蹙的眉頭此刻都舒展開來，換成了最美麗的笑靨。而春風拂過楊柳，宛如萬縷的金絲隨風輕輕搖曳著。」換得二句寫春風的可愛動人。李壁〈注〉：「謂柳眉方舒，易顰而爲笑。」周錫䪖：「這裡意含雙關，即指柳眉初舒，亦指人們的歡笑。」〈春雨〉：

> 春風過柳綠如繰，青日烝紅出小桃。

池暖水香魚出處，一環清浪湧亭皐。

詩意為：「春風輕輕拂過柳樹，剛抽出嫩綠的柳芽兒細細的宛如蠶絲一般。晴暖的太陽曬得一顆顆紅艷飽滿的小桃都冒出來了。從溫暖的池塘裡散發出一股淡淡的水香，在那魚兒悠游的地方，有一環清浪湧向田野。」柳、桃、魚、清浪、春風，在王安石筆下都蘊藏了勃發的生命力，令人感動。〈壬戌正月晦與仲元自淮上復至齊安〉：

風暖柴荊處處開，雪乾沙淨水迴迴。

意行卻得前年路，看盡梅花看竹來。

詩意為：「春風和暖怡人，家家戶戶柴門都敞開著。積雪已經溶化，地面上一片潔淨，春水更是蕩漾不已。我隨意自在地走著，竟又來到前年走過的地方，欣賞完了梅花接著又欣賞竹子。」此詩元豐五年六十二歲作，「老值白雞能不死，復隨春色破寒來。」心中自有一股初獲重生的意外與喜悅。〈同熊伯通自定林過悟真二首〉其一：

與客東來欲試茶，倦投松石坐欹斜。

暗香一陣連風起，知有薔薇澗底花。

詩意為：「和客人從東而來，想要試喝悟真院的茶水，走累了就在一棵松樹底下大石旁邊斜斜地坐下。忽然有一陣淡淡的清香隨風飄來，猜測山澗底下一定有薔薇花盛開。」遊人若非心境恬淡自適，暫時摒除喝茶的熱望，如何能捕捉空氣間那股清幽的花香！《誠齋詩話》：「暗香一陣連風起，知有薔薇澗底花，不減唐人。」〈鍾山晚步〉：

小雨輕風落楝花，細紅如雪點平沙。

槿籬竹屋江村路，時見宜城賣酒家。

詩意為：「含著小雨的輕風將楝花吹落，小小紅紅的就像雪一般，點綴著岸邊平坦的沙灘。走在江邊村落的小路上，家家戶戶用槿花作圍籬，編竹為房舍。時時還可以看見賣酒的店家。」王安石七律頸聯多開拓，雄偉壯麗，而絕句則精潔深美，〈鍾山晚步〉，可為代表。〈書湖陰先生壁二首〉其一：

茅簷長掃淨無苔，花木成畦手自栽。

一水護田將綠遶，兩山排闥送青來。

詩意為：「茅屋簷下經常打掃，乾乾淨淨的沒有一點苔蘚，花木一畦畦的，都是主人親手栽種的。一道小河繞著綠油油的農田而流，好像保護著農田似的。門前兩座山峰好像使勁地推開大門，將一山的青翠送到我的眼前。」湖陰先生是楊德逢的別號，與王安石為鍾山的鄰居。此詩寫景由近而遠，層層推進。《冷齋夜話》：「山谷嘗見荊公於金陵，因問丞相近有何詩？荊公指壁上所題兩句云，一水護田云云，此近所作也。」（李壁〈注〉引）足見是晚年得意之句。這兩句都是擬人作用，山水不但顯得有情，整個詩句也隨之靈動起來。《石林詩話》卷中：「荊公詩用法甚嚴，尤精於對偶，嘗云：『用漢人語止可以漢人語對，若參以異代語便不相類。』如『一水護田將綠遶，兩山排闥送青來』之類，皆漢人語也。此惟公用之不覺拘窘卑凡。」按：護田一語出自《漢書西域傳序》：「自燉煌西至鹽澤，往往起亭，而輪臺渠犁皆有田卒數百人，置使者校尉領護。」顏師古〈注〉曰：「統領保護營田之事也。又桑弘羊奏遣屯田卒，詣故輪臺以東，置校尉兩人分護。」而排闥一語出自《漢書・樊噲傳》：「樊噲乃排闥直入，大臣隨之。」均是漢人語。錢鍾書《談藝錄》：「又有一節，不無可議，每遇他人佳句，必巧取豪奪，脫胎換骨，百計臨摹，以為己有。或襲其句，或改其字，或反其意，集中作賊，唐宋大家無如公之明目張膽者。本為偶得天成之高妙，遂著斧鑿拆補之痕跡。子才所摘劉蘇兩詩，即其例證。《能改齋漫錄》載荊公仿五代沈彬詩：『地限一水巡城轉，天約群山附郭來。』荊公仿之，作『一水護田將綠遶，兩山排闥送青來。』……公在朝爭法，在野爭墩，故翰墨間亦欲與古爭強梁，佔盡新詞妙句，不惜挪移采折。生性好勝，一端流露。其喜集句，並非驅市人而戰，正因見古人佳語，割愛為難，掠美不得，遂出此代為保管，久假不歸之下策。窺心發隱，倘非周內深文乎？」錢氏所論不免過苛，過份強調文學的原創價值，而不論工拙與否？生性好強，並不為過，尤其文學藝術之創造，不避洗鍊精粹。以才高求好，而將古人之句加工改造，也是透過心靈進行一次重新的創造。不僅表現個人才情之高下工拙，反映個人對藝術美

的觀感，更反映了個別作者內在不同的心境。其餘像〈梅花〉：「遙知不是雪，爲有暗香來。」不似南朝〈蘇子卿〉：「祇言花似雪，不悟有香來。」語有轉折；但表現出以知識爲背景一種理性求知的精神。〈紅梅〉：「春半花纔發，多應不奈寒。北人初未識，渾作杏花看。」完全相同。又如〈出定力院作〉：「殷勤爲解丁香結，放出枝間自在春。」改自陸龜蒙：「殷勤與解丁香結，從放繁枝散誕香。」以自在易散誕二字，以平凡字代艱澀字，正象徵王安石從繁擾桎梏的心靈中解放出來，精神上形體上悠閑自在。還有〈春晴〉及〈鍾山即事〉，改自王維及王籍之詩，卻賦予它新的涵義，寄託個人憂憤的心情。

　　王安石嘯傲山林，徜徉水濱，是迫於無奈的現實，罷相初期心情憂憤抑鬱，時見於篇中，如〈勿去草〉：

> 勿去草，草無惡，若比世俗俗浮薄。君不見長安公卿家，
> 公卿盛時客如麻，公卿去後門無車，惟有芳草年年佳。又
> 不見千里萬里江湖濱，觸目悽悽無故人，惟有芳草隨車輪。
> 一日還舊居門前。草先鋤，草於主人實無負，主人於草宜
> 何如？勿去草，草無惡，若比世俗俗浮薄。

李壁〈注〉：「蓋自公罷相，凡昔之門生故吏，舍之而去者多矣，又從而下石焉。如呂惠卿者，蓋其尤也。公之卒也，張芸叟爲詩以弔之曰：『今日江南從學者，人人諱道是門生。』及紹聖後崇尚新學，以公配享先聖，前日舍之而去者，而是復還。故先名子嘲之曰：『今日江南從學者，人人爭道是門生。』觀公此詩蓋有所激而云也。」又如〈詠風〉：

> 風從北海起，至此南海上。問風來何事？去復欲何向？
> 誰遣汝而號？誰應汝而唱？汝於何時息？汝作無乃妄。
> 風初無一言，試以問雲將。

〈鴟〉：

> 依倚秋風氣象豪，似欺黃雀在蓬蒿。
> 不知羽翼青冥上，腐鼠相隨勢亦高。

〈邀望之過我廬〉：

> 知子有仁心，不忍鉤我魚。我池在仁境，不與獱獺居。

亦復無蟲蛆，出沒爭腐餘。

都寫的很直率很露骨。〈示元度〉：

老來厭世語，深臥塞門竇。贖魚與之游，餧鳥見如舊。

獨當邀之子，商略終宇宙。更待春日長，黃鸝哢清晝。

〈與呂望之上東嶺〉：

靖節愛吾廬，猗玗樂吾耳。適野無市喧，吾今亦如此。

紛紛舊可厭，俗子今掃軌。使君氣相求，眷顧未云已。

追隨上東嶺，俯仰多可喜。

〈與望之至八功德水〉：

聊爲山水遊，以寫我心悁。

所引之詩，大約是熙寧末元豐初所作。像王安石這樣經歷人事的滄桑，心中充滿幽憤，藉遊山玩水排遣心情，詩要沖澹閒適，委實不易，如〈封舒國公三絕〉：

桐鄉山遠復川長，紫翠連城碧滿隍。今日桐鄉誰愛我？當時我自愛桐鄉。

開國桐鄉已白頭，國人誰復記前游。故情但有吳塘水，轉入東江向我流。

〈鍾山即事〉：

澗水無聲遶竹流，竹西花草弄春柔。茅簷相對坐終日，一鳥不鳴山更幽。

〈春晴〉：

新春十日雨，雨晴門始開。靜看蒼苔紋，莫上人衣來。

〈芳草〉：

芳草知誰種，緣階已數叢。無心與時競，何苦綠匆匆。

〈山陂〉：

山陂院落今接種，城郭樓臺已放燈。

白髮春風惟有睡，睡間啼鳥亦生憎。

幾首山水小品，猶然流露孤獨悽傷悲憤不平的情緒。直到〈棋〉一首，人生觀始有所轉變：

莫將戲事擾眞情，且可隨緣道我贏。

戰罷兩奩收黑白，一枰何處有虧成。

〈題半山寺壁〉：

我行天即雨，我止雨還住。雨豈為我行，邂逅與相遇。

〈擬寒山拾得二十首〉其四：

風吹瓦墮屋，正打破我頭。瓦亦自破碎，豈但我血流。
我終不嗔渠，此瓦不自由。眾生造眾惡，亦有一機抽。
渠不知此機，故自認愆尤。此但可哀憐，勸令真正脩。
豈可自迷悶，與渠作冤讎。

其十二：

李生坦蕩蕩，所見實奇哉。問渠前世事，答我燒炭來。
炭成能然火，火過卻成灰。灰成即是土，隨意立根栽。

撥雲見日，漸漸由罷相的痛苦陰影中走出，心境開朗超曠起來，這才
產生閒適的作品，如〈出郊〉：

川原一片綠交加，深樹冥冥不見花。風日有情無處著，初
回光景到桑麻。

〈南浦〉：

南浦隨花去，迴舟路已迷。暗香無覓處，日落畫橋西。

〈山中〉：

隨月出山去，尋雲相伴歸。春晨花上露，芳氣著人衣。

〈半山春晚即事〉：

春晚取花去，酬我以清陰。翳翳陂路靜，交交園屋深。
床敷每小息，杖屨亦幽尋。惟有北山鳥，經過遺好音。

〈定林院〉：

漱甘涼病齒，坐曠息煩襟。因脫水邊屨，就敷床上衾。
但留雲對宿，仍值月相尋，真樂非無寄，悲蟲亦好音。

可看出明顯的轉變。處世趨於圓融，神態閒適自若，感憤寄託於沖夷
之中，令人不覺。〈寄蔡天啟〉一首是他晚年的自畫像，淡墨素描：

杖藜緣塹復穿橋，誰與高秋共寂寥？佇立東崗一搔首，冷
雲衰草暮迢迢。

寓孤迥悲涼於閒適之中。〈歲晚〉：

月映林塘澹，風含笑語涼。俯窺憐綠淨，小立佇幽香。

攜幼尋新菂，扶衰坐野航。延緣久未已，歲晚惜流光。

情調近似，皆十分騷雅，遠追屈賦。至於〈北山〉、〈南浦〉、〈江上〉、〈金陵即事〉三首其一，與本節所舉〈初晴〉諸詩，應是元豐五年左右的作品了。詩句鍛鍊粹美，山水都煥發著熱力與光彩。孤獨落寞失意的心情雖是依舊，卻更蘊蓄一份奧遠寧靜的情志。直到元豐七年一場大病之後作〈秋熱〉、〈病起〉、〈新花〉，心氣愁憊衰老，從此再無法提筆寫閒適詩了。

第四節　說理詩　寓理詩

清薛雪《一瓢詩話》：「漢魏之詩，辭理意興，無跡可求；唐人尚意興，而理在其中；宋人純以理用事，故去本漸遠。」試質以王安石詠史之〈明妃曲〉、〈孟子〉、〈賈生〉、〈謝安〉、〈商鞅〉、〈讀蜀志〉等，固有個人情感融入其中，並非純粹議論；即使〈兼并〉、〈省兵〉、〈澶州〉、〈寓言〉第三首，背後又何嘗不有豐沛的家國之情感在於其中，則「宋人純以理用事」之語，值得再商榷。錢鍾書《談藝錄‧沈歸愚論理語理趣》一節：「乾隆二十二年冬選《國朝詩別裁》，〈凡例〉云：『詩不能離理。然貴有理趣，不貴下理語。』云云，分剖明白，語意周匝。」試先舉王安石若干蘊含理趣或禪味的作品於下：

春晚取花去，酬我以清陰。(〈半山春晚即事〉)

扶輿度陽燄，窈窕一川花。(〈法雲〉)

微雲過一雨，淅瀝生晚聽。(〈獨臥有懷〉)

暗香無覓處，日落畫橋西。(〈南浦〉)

但留雲對宿，乃值月相尋。(〈定林院〉)

晴日暖風生麥氣，綠陰幽草勝花時。(〈初夏即事〉)

風日有情無處著，初回光景到桑麻。(〈出郊〉)

在寫景之中皆不自意流露出柳宗元〈江雪〉：「孤舟簑笠翁，獨釣寒江

雪」無所為而為，與王維〈終南別業〉：「行到水窮處，坐看雲起時」
隨遇而安，得失不縈於懷的自得自在。其中〈半山春晚即事〉、〈法雲〉、
〈獨臥有懷〉，復與陶淵明〈讀山海經〉：「微雨從東來，好風與之俱」
天意厚人的幽旨暗合。

> 無心與時競，何苦綠匆匆。（〈芳草〉）

> 更無一片桃花在，借問春歸有底忙。（〈陂麥〉）

> 眠分黃犢草，坐占白鷗沙。（〈題舫子〉）

> 鳥跂兮下上，魚跳兮左右。顧我兮適我，有斑兮伏獸。（〈寄蔡氏女子〉二首其一）

言外含有杜甫「水流心不競，雲在意俱遲」沖澹平和、與世無爭的安
祥悠哉的意趣。

> 南浦東岡二月時，物華撩我有新詩。

> 含風鴨綠粼粼起，弄日鵝黃裊裊垂。（〈南浦〉）

> 野水縱橫漱屋除，午窗殘夢鳥相呼。

> 春風日日吹香草，山南山北路欲無。（〈悟真院〉）

> 春風過柳綠如繰，晴日烝紅出小桃。

> 池暖水香魚出處，一環清浪湧亭皋。（〈春雨〉）

與謝靈運〈登池上樓〉：「池塘生春草，園柳變鳴禽」同一機軸，表現
萬物生生不息的自然現象，蘊含著無限的生機。亦即孔子所謂「四時
行焉，百物生焉，天何言哉！天何言哉！」

> 前時偶見花如夢，紅紫紛披競淺深。

> 今日重來如夢覺，靜無餘馥可追尋。（〈與道原步至景德寺〉）

> 碧合晚雲霞上起，紅爭朝日雪邊流。

> 我無丹白知如夢，人有朱鉛見即愁。（〈酴醾金沙二花合發〉）

一視勝負與得失，世俗的是非分別之心不復縈於懷中，表現超然清曠
的人生態度。

> 深炷爐香閉齋閣，臥聽簷雨瀉高秋。（〈金陵郡齋〉）

> 各據槁梧同不寐，偶然聞雨落階除。（〈示公佐〉）

有張繼〈楓橋夜泊〉：「姑蘇城外寒山寺，夜半鐘聲到客船」在闃寂的境界中頓間啓悟的意味。

竹雞呼我出華胥，起滅篝燈擁燎爐。
試問道人何所夢，但言渾忘不言無。（〈書定林院窗〉）

倦童疲馬放松門，自把長筇倚石根。江月轉空爲白晝，嶺雲分暝與黃昏。鼠搖岑寂聲隨起，鴉矯荒寒影對翻。當此不知誰主客，道人忘我我忘言。（〈登寶公塔〉）

與陶淵明〈飲酒詩〉：「結廬在人境，而無車馬喧。問君何能爾？心遠地自偏。採菊東籬下，悠然見南山。山氣日夕佳，飛鳥相與還。此中有眞意，欲辯已忘言。」相同，反映超塵脫俗，與大自然冥合的物我兩忘境界。

行尋香草遍，歸漾晚雲閑。（〈寄西庵禪師行詳〉）

細數落花因坐久，緩尋芳草得歸遲。（〈北山〉）

與王維「興闌啼鳥散，坐久落花多」同一興味。與柳宗元「孤舟簑笠翁，獨釣寒江雪」風格迥異；無所爲而爲之高古則一。

終日看山不厭山，買山終待老山間。
山花落盡山長在，山水空流山自閑。（〈遊鍾山〉）

兼具了老杜「水流心不競，雲在意俱遲」，及蘇軾「空山無人，水流花開」超然無營，幽獨閑靜的意境。

遙聞青秧底，復作龜兆坼。（〈寄楊德逢〉）

翻愁陂路長，泥淖困藏獲。（〈次前韻寄德逢〉）

與蕭統《陶淵明傳》：「不以家累白隨，送一力給其子，書曰：『汝旦夕之費，自給爲難。今遣此力，助汝薪水之勞。此亦人子也，可善遇之！』」如出一轍，皆藹然仁者之風。

水泠泠而北出，山靡靡以旁圍。欲窮源而不得，竟悵望以空歸。（〈題舒州山谷寺石牛洞泉穴〉）

藉登山找尋水源不得，表現窮究天地間一切事物的本源或眞理的精神。以上諸詩，「不涉理路，不落言筌」，然義理自在其中。眞妙在「羚羊挂角，無跡可求」，妙在「透徹玲瓏，不可湊泊。如空中之音，相

中之色，水中之月，鏡中之相，言有盡而意無窮」，令人唱歎再三。

關於〈示公佐〉、〈金陵郡齋〉、〈書定林院窗〉三詩，《冷齋夜話》
和《碧溪詩話》皆有評論：

> 山谷云：「天下清景初不擇賢愚而與之遇，然吾特疑爲吾輩
> 設。」荊公在鍾山定林，與客夜對，偶作詩曰：「殘生傷性
> 老耽書，年少東來復起予。夜據槁梧同不寐，偶然聞語落
> 階除。」……人以山谷之言爲確論。(《詩人玉屑》十七《引冷
> 齋夜話》)

> 或問：「道果有味乎？」余曰：「午雞聲不到禪林，柏子煙
> 中靜擁衾。」「竹雞呼我出華胥，起滅篝燈擁燎爐。」「各
> 據槁梧同不寐，偶然聞雨落階除。」皆淡泊中有味，非造
> 此境不能形容也。(《碧溪詩話》)

杜松柏在《禪學與唐宋詩學》第四章裡，從禪學的觀點加以詮解：「惠
洪以景語解此二詩，至黃徹則認爲合道有味。……黃氏雖未明言介甫
所造何境，詩中所具何味，以鄙意推之，殆所造爲禪家之境，詩中所
具爲禪味也。元人論介甫詩云：『王荊公詩以風定花猶落，鳥鳴山更
幽，則上句靜中有動，下句動中有靜。』(《南溪詩話》) 以所論例之，
則『各據槁梧同不寐，偶出聞雨落階除』，亦靜中有動。夫常人知動
而不知靜，能動而不能靜，惟禪修持，知動知靜，攝動攝靜一如。《南
溪詩話》謂荊公之詩能達此禪境也。」再如〈出定力院作〉：

> 江上悠悠不見人，十年塵垢夢中身。
> 殷勤爲解丁香結，放出枝間自在春。

杜松柏曰：「乃介甫自述禪定所得。『殷勤爲解丁香結，放出枝間自在
春』，喻能回機起用也。」〈遊鍾山〉、〈鍾山即事〉、〈暮春〉三首：

> 終日看山不厭山，買山終待老山間。山花落盡山長在，山
> 水空流山自閑。

> 澗水無聲遶竹流，竹西花草弄春柔。茅簷相對坐終日，一
> 鳥不鳴山更幽。

> 無限殘紅著地飛，谿頭煙樹翠相圍。楊花獨得東風意，相

逐晴空去不歸。

杜松柏曰：「以上三首，均爲體道有得之作，第一首『終日看山不厭山，買山終待老山間』，以世諦解之，則耽於山水，欲買山歸隱之逸士，而暗以山象徵自性妙體及禪人開悟後的聖境，有沈緬其間，不入塵俗之意，故下二句云：『山花落盡山長在，山水空流山自閑。』蓋謂色界如山花之凋落，歸於壞滅，而自性妙體如山之長存，山水喻由物顯用，大用繁興如山水空流，而自性如如不動，如山之閑暇。若無此意境，則此二句爲無理之死句矣。〈鍾山即事〉之『澗水無聲遶竹流，竹西花草弄春柔』，亦以表大用繁興，萬象森然。『茅簷相對坐終日，一鳥不鳴山更幽』，象徵其撥落色聲，深契如如空寂清靜妙靜。至〈暮春〉一詩，含義更深。『無限殘紅著地飛』，謂花之飛落，物之毀敗，『磎頭煙樹翠相圍』，喻萬物萬象，生意欣欣，二者皆自性妙體之作用，而以東風喻之，有執之物，皆落『有』界，唯空靈之楊花，得知『東風』之作用，能了『空』證『空』，歸於『眞空』中，不再落於『有』界之中，此『楊花獨得東風意，相逐晴空去不歸』之蘊意也，不如此求解，恐反常而無理矣。」又如〈定林所居〉：

　　屋繞灣溪竹遠山，溪山卻在白雲間。
　　臨溪放艇依山坐，溪鳥山花共我閑。

杜松柏：「介甫非沈空滯寂者，其〈定林所居〉一詩，即顯示攝用歸體，而又物我一如之理。前二句喻體用一如，此體此用，在色界事物之中，蓋以白雲比現象界也，後二句之『臨溪放艇』喻攝用，依山坐喻歸體，『溪鳥山花共我閑』，溪鳥山花與介甫，皆自性之作用，明乎此則知物我一如之義矣。介甫禪趣之詩頗多。」

　　王安石上述寓有理趣禪味的詩，總要比下面所選幾首坦直說理的作品要來的空靈的多。〈如歸亭順風〉：

　　春江窈窈來無地，飛帆浩浩窮天際。朝出吳川夕雪溪，回首喬林吹岸薺。篙師晝臥自嘯歌，戲彼挽舟行復止。人生萬事反衍多，道路後先能幾何？

詩意爲：「遠處有條春水不知來自何處，在浩渺的煙波上有艘船，張著帆，飛快地駛向無窮無盡的天邊。早晨船隻才駛出吳川，夜晚便已到達雪溪。轉眼之間岸邊看去高大的林木，就變成低矮的薺林。撑蒿的船夫大白日裡臥在船上高聲自在地唱著歌，似在取笑那些縴夫，他們吃力地挽著船，逆著水流，走走又停停。人的一生中存在許多的變數，不可能事事順利，你目前儘管保持領先的局面，但不去努力，又能領先多久呢？」王安石是從旅途舟行所見，發抒他的感想。「回首喬林吹岸薺」句景中寓理；「人生萬事反衍多」句，則直下理語。全篇前敘後議，言之有物有序，仍不失爲佳構。細味之，與〈遊褒禪山記〉一文的作法近似，仍是爲文的習氣。試將〈如歸亭順風〉與蘇軾〈百步洪〉相比，顯然題材手法相似，卻是後出轉精。〈百步洪〉不僅譬喻形容的精采驚人，即感慨之深，意趣之渾然超妙，都有過之。不過〈如歸亭順風〉一詩應對蘇軾的創作起過相當的影響作用。〈眾人〉：

> 眾人紛紛何足競，是非吾喜非吾病。頌聲交作莽豈賢，四
> 國流言旦猶聖。唯聖人能輕重人，不能銖兩爲千鈞。乃知
> 輕重不在彼，要知美惡由吾身。

詩意爲：「眾人議論紛紛，又何必跟他們爭辯呢！王莽曾被人們交口讚頌，難道他眞有賢德嗎？儘管周公受到管、蔡、商、奄四國流言攻擊，仍不失爲聖人。只有聖人才能準確地評量人。他們不會把銖兩誇大說成是千鈞。因而知道一個人的高下優劣，並不在眾人的議論。是好是壞，最終還是決定於自己的言行表現。」《續資治通鑑長編紀事本末》卷六十八載王安石之語：「所謂得人心者以有理義。理義者，乃人心之所悅。……苟有理義，即周公致四國皆叛不爲失人心；苟無理義，即王莽有數十萬人詣闕頌功德，不爲得人心也。」與此詩語意相似。此外《長編》卷二二一熙寧四年二月戊子條有云：「文彥博曰：『祖宗法制具在，不須更張，以失人心。』上曰：『更張法制，於士大夫誠多不悅，然於百姓何所不便？』」足見新法實行之初阻力之大。尤以摧兼併爲甚，《長編》卷七十王安石言：「所謂兼併者，皆豪傑有

力之人，其議論足以動士大夫者也。今制法但一切因人情所便，未足操制兼併，則恐陛下未足勝眾人之紛紛也。如兩浙助役事，未能大困兼併，然陛下已不能惑矣。」故王安石作〈眾人〉一詩，旨在表明推行新法，和抑制豪強兼併侵牟的立場和決心。有「自反而縮，雖千萬人，吾往矣」的大無畏精神。〈棋〉：

> 莫將戲事擾真情，且可隨緣道我贏。
>
> 戰罷兩奩收黑白，一枰何處有虧成。

詩意為：「不要把遊戲的事看得太認真了，以致擾亂了自己的心情。如果贏了，就隨口說句我贏了。雙方鏖戰完畢，把黑白棋子分別裝回兩個匣子裡，剩下一個空的棋盤，那有甚麼輸和贏呢！」〈棋〉與〈眾人〉、〈如歸亭順風〉三首都重在鍊意。其中〈如歸亭順風〉完成於早年，〈眾人〉作於執政期間，都不自意透出爭強好勝自信不悔的作風。而〈棋〉，則表現出飽歷世故後的達觀與蕭散。至於：

> 不畏浮雲遮望眼，自緣身在最高層。（〈登飛來峰〉）
>
> 縱被春風吹作雪，絕勝南陌碾成塵。（〈北陂杏花〉）
>
> 祇將鳧鴈同為侶，不與龜魚作主人。（〈答韓持國芙蓉堂二首〉其二）
>
> 雞蟲得失何須算，鵬鷃逍遙各自知。（〈萬事〉）
>
> 無人挈入滄海去，汝死那知世界寬。（〈魚兒〉）
>
> 亦欲心如秋水靜，應須身似嶺雲閒。（〈贈僧〉）
>
> 地形偶爾藏險怪，天意未必司陰晴。
>
> 山川在理有崩竭，丘壑自古相盈虛。（〈九井〉）
>
> 苟能禦外物，得地無美惡。（〈送李宣叔倅漳州〉）

首句象徵識高見遠，心自澄明，則能自守不污之理。次句寫杏花隨風零落似雪，絕勝於教來往行車摧殘，寄託個人高貴潔白的情操遠勝於一切，不容許人們隨意地去賤踏與破壞。二詩均不免借題發揮，即物窮理一番。〈登飛來峰〉且不免被學者評為「意氣自許，不復更為涵蓄」，其餘也乏言外遠韻。〈雜詠八首〉其一：

> 萬物余一體，九州余一家。秋毫不為小，徼外不為遐。
>
> 不識壽與夭，不知貧與奢。忘心乃得道，道不去紛華。
>
> 近跡以觀之，堯舜亦泥沙。莊周謂如此，而世以為夸。

論莊周齊物之說。〈寓言十五首〉其一：

> 一得君子居，而與小人游。疵瑕不相摩，況乃禍釁稠。
>
> 高語不敢出，鄙辭強顏酬。始云避世患，自覺日已偷。
>
> 如傅一齊人，以萬楚人咻。云復學齊言，定復不可求。
>
> 仁義多在野，欲從苦淹留。不悲道難行，所悲累身脩。

論與小人交游的弊言。二詩均抽象說理，語句枯淡，索然寡味。〈寓言三首〉：

> 太虛無實可追尋，葉落松枝漫古今。若見桃花生聖解，不疑還自有疑心。
>
> 本來無物使人疑，卻為參禪買得癡。聞道無情能說法，面牆終日妄尋思。
>
> 未能達本且歸根，真照無知豈待言。枯木巖前猶失路，那堪春入武陵源。

禪語直瀉而下，理過其辭，言外無餘，都不足取。

第五節　抒情詩

　　王安石的抒情作品都是內在情感的真實流露，無論是致親人朋友，或抒發鄉愁旅思，都誠懇而深摯。

一、親　情

　　〈將母〉：

> 將母邗溝上，留家白紵陰。月明聞杜宇，南北總關心。

詩意為：「我前往邗溝，只帶著母親同行，而將其他的家人留在白紵山北。皓月當空的夜晚，聽見杜宇的啼聲，不論在南在北，總教人異地起相思。」據《臨川集》卷八十〈知常州上中書啟〉：「將母之求，屢關於聽覽」之語，當是作於嘉祐初。邗溝，李壁〈注〉：「在山陽縣」，

今屬江蘇省。白紵山，李壁〈注〉：「在太平州」，沈氏〈注〉：「在安徽當塗縣東五里」。詩中表達出事母的一番孝心，及手足彼此深切的關懷。〈示長安君〉：

> 少年離別意非輕，老去相逢亦愴情。草草杯盤供笑語，昏
> 昏燈火話平生。自憐湖海三年隔，又作塵沙萬里行。欲問
> 後期何日是，寄書應見鴈南征。

詩意為：「年輕和你離別，總是難分難捨，現在老了與你相逢，依舊那麼令人感傷。杯盤裡隨便盛了些水酒和小菜，我們就這樣邊吃談笑起來。話題裡暢敘別來的經歷，直到燈火昏黃。令人難過的是，漂泊多年不得相見，才一見面，我又將冒著風沙踏上遠行的里程。你若問我們何時能再見面，等我寄信回來時，該是北鴈南飛的季節了。」長安君是王安石的大妹文淑。這首詩是出使契丹前所寫。首聯寫兄妹久別重逢的心情。「老去相逢亦愴情」句是伏筆。既是相逢，偏述傷感，筆致曲折有頓挫，頷聯描述閒話家常的情景，草草、昏昏二疊字下的貼切自然，寫出一家人談話投契，並不見外。歡笑之中，卻又不免帶著些許的傷感。頸聯補述首聯「亦愴情」的因由，如此組織縝密，才不失照管，才顯示出離別非比尋常。末聯尚未離別已問歸期，足見離情依依了。〈寄純甫〉：

> 塞上無花草，飄風急我歸。梢林聽澗落，卷土看雲飛。
> 想子當紅蕊，思家上翠微。江寒亦未已，好好著春衣。

詩意為：「塞上春來還看不見花草，只有陣陣大風吹得比我的歸心還要急迫。當風吹過樹林梢頭時，聽起來好像是澗水自高處奔流而下；當風捲起一片塵土時，只見黃沙如雲漫天飛舞著。當我面對紅色含苞待放的花蕾，就想起了你；當我想家的時候，就登上蒼翠的山嶺。江雪也還未溶化吧！春天的氣候多變，要時時注意衣著。」純甫名安上，安石的季弟，這首詩是嘉祐五年春在塞北作，除了表示遠遊在外，歸心似箭，也不自意流露出兄長細心的呵護與關愛。首聯落句甚妙，既描述塞上惡劣的氣象，也道出遊子的心情。頷聯具體形容大風肆虐的情形，略帶些想像，卻甚不誇張。如此天候，南方人初見不免覺得新

奇，卻又不易適應。頸聯頗佳，出落句均是聯想作用，出句謂純甫，
因純甫當時尚未娶婦，〈春從沙磧底〉有「萬里卜鳳凰，飄飄何時至」
之語。如此才著題。尾聯是關心語。整首章法嚴謹，雖詩句略顯刻畫
安排，仍不失爲佳構。〈過外弟飲〉：

　　一日君家把酒杯，六年波浪與塵埃。

　　不知烏石崗邊路，至老相尋得幾回？

詩意爲：「自從那一日在你家把酒共飲以後，經歷了六年漂泊的生涯，
嚐盡了艱辛。不知烏石崗邊的小路，到老還能走多少遍，再去拜訪你
呢！」外弟就是表弟。李壁〈注〉：「吳氏，公母家，居烏石岡，距臨
川三十里。」這首詩應是皇祐二年所作。明道二年（西元 1033 年），
王安石隨父親自韶州丁衛尉府君憂，是第一次回臨川。見《臨川集》
卷七十一〈傷仲永〉。慶曆三年（西元 1043 年），淮南簽判任上曾請假
回臨川，《臨川集》卷七十六〈上徐兵部書〉有「展先人之墓，寧祖母
於堂」、「十年縈懷，一旦釋去」之語。〈憶昨詩示諸外弟〉作於次年，
內容也有描述。這是第二次回鄉。自明道間至此，正好十年。慶曆四
年（西元 1044 年），是因外祖母去逝而回鄉祭悼。《臨川集》卷九十〈外
祖黃夫人墓表〉有「四年，某還自揚」之語。這是第三度返鄉。皇祐
二年（西元 1050 年），是第四度。《臨川集》卷八十三〈撫州祥符觀三
清殿記〉，署明「皇祐二年五月二十五日」作，間有「予之歸，表語其
父之事，而乞予文，予不能拒也」之語。又〈初去臨川〉一詩下李壁
〈注〉：「撫州金峰有公題字，云皇祐庚寅自臨川如錢塘過宿此。」則
距前度返鄉已相隔六年之久。皇祐五年（西元 1053 年），祖母謝氏卒
於臨川，是王安石五度回鄉。見周錫馥《王安石年譜》，然不知所據，
姑且採信。嘉祐三年（西元 1058 年），是第六次也是最後一次回臨川。
〈初去臨川下〉李壁〈注〉：「嘉祐戊辰自番陽歸臨川，再宿金峰。」
按戊辰，當是戊戌之誤。〈春風〉一詩作於嘉祐五年，有「回頭不見辛
夷樹，始覺看花是去年」之語，應是嘉祐四年春離臨川入京。如果皇
祐五年返鄉時間無誤，則至此正好五年。〈到家〉：「五年羈旅倦風埃，

舊里依舊似夢回」，即做於此年。而〈烏塘〉：「未應悲寂寞，六載一經過」，以〈及過外弟飲〉，均做於皇祐二年。惠洪《冷齋夜話》：「山谷言：『詩意無窮，而人才有限。以有限之才，追無窮之意，雖淵明少陵，不得工也。不易其意而造其語，謂之換骨法。規摹其意而形容之，謂之奪胎法。』如鄭谷詩：『自緣今日人心別，未必秋香一夜衰。』此意甚佳，而病在氣不長。西漢文章雄深雅健，其氣長故也。曾子固曰：『詩當使人一覽語盡，卻意有餘，乃古人用心處。』荊公〈菊詩〉曰：『千花百卉彫零後，始見閑人把一枝。』東坡曰『萬事到頭都是夢，休休，明日黃花蝶也愁。』又李翰林曰：『鳥飛不盡暮天碧。』又曰『青天盡處沒孤鴻。』其病如前所論。山谷〈達觀臺詩〉曰：『瘦藤拄到風煙上，乞與遊人眼豁開。不知眼界闊多少，白鳥去盡青天回。』凡此之類，皆換骨法也。顧況詩曰：『一別二十年，人堪幾回別。』其詩簡緩而立意精確。荊公與故人詩曰：『一日君家把酒杯，六年波浪與塵埃。不知烏石岡頭路，到老相尋得幾回？』樂天詩：『臨風抄秋樹，對酒長年身。醉貌如霜葉，雖紅不是春。』東坡詩：『兒童誤喜朱顏在，一笑那知是酒紅。』凡此之類，皆奪胎法也。」（《詩人玉屑》卷八引）所謂奪胎，皆是出於聯想作用。「一日君家把酒杯，六年波浪與塵埃。」與黃庭堅〈寄黃幾復〉：「桃李春風一杯酒，江湖夜雨十年燈。」句法近似，且皆為悲歡對比。王安石出乎自然，而黃山谷緻密深刻，後來者居上。〈寄蔡氏女子〉二首其一：

> 建業東郭，望城西埌。千嶂承宇，百泉遠雷。青遙遙兮纏屬，綠宛宛兮橫逗。積李兮縞夜，崇桃兮炫晝。蘭馥兮眾植，竹娟兮常茂。柳蔫綿兮含姿，松偓寒兮獻秀。鳥跂兮下上，魚跳兮左右。顧我兮適我，有斑兮伏獸。感時物兮念汝，遲汝歸兮攜幼。

詩意為：「在建業城東門外，向西邊的城埌眺望。有成千座山峰與屋宇相連，有成百條河川繞屋靁而流。蒼翠的遠山綿延不斷，綠水蜿蜒曲折地貫穿城內。盛開的李花照亮了夜晚，高枝上的桃花在白日裡向人

炫耀它的美艷。蘭花在所有植物中香氣最爲淡雅怡人；竹枝柔婉，常年都長得很茂盛。楊柳低著腰，隨風擺動，眞是儀態萬千。松樹傲然挺立，像在展現它蒼翠的顏色。鳥跕起腳在枝頭上上下下望著，魚就在身邊游來游去。有那注視著我的一舉一動，又嘗試靠近我的，是紋彩斑斕的伏獸。看到春天的景物，眞令人感動，也讓我想起了你，你已經很久沒有帶著外孫回來了。」蔡氏女子，王安石次女，嫁蔡卞。整首用《楚辭》體，一韻到底。內容主要是形容金陵春天景色之美，以示其生活悠閒適意，詩末流露心中對女兒外孫的思念。「積李兮縞夜，崇桃兮炫晝」二句，最爲詩家所樂道，涵義極深。遙遙、宛宛爲疊字，蔫綿、偃蹇爲疊韻。《西清詩話》：「元豐中，王文公在金陵，東坡自黃北遷，日與公遊，盡論古昔文字。公歎息謂人曰：『不知更幾百年方有如此人物。』東坡渡江至儀眞，〈和游蔣山詩〉寄金陵守王勝之益柔，公亟取，詩至『峰多巧障日，江遠欲浮天』，乃撫几曰：『老夫平生作詩，無此二句。』又在蔣山時，以近製示東坡，東坡云：『積李兮縞夜，崇桃兮炫晝。自屈宋沒世，曠千餘年無復〈離騷〉句法，乃今見之。』荊公曰：『非子瞻見諛，自負亦如此。然未嘗爲俗子道也。』當是時想見俗子掃軌矣。」《圍爐詩話》卷五：「介甫云『扶輿度陽燄，窈窕一川花』，唐人貴秀之句也。又有『水潾潾而北去，山靡靡以旁圍。欲窮源而不得，竟悵望以空歸。』又有云：『積李兮縞夜，崇檢兮炫晝。』皆非宋人能造之句。」〈寄蔡氏女子〉二首其二：

> 我營兮北渚，有懷兮歸汝。石梁兮以苫蓋，綠陰陰兮承宇。
> 仰有桂兮俯有蘭，嗟汝歸兮路豈難。望超然之白雲，臨清
> 流而長嘆。

詩意爲：「我在鍾山北渚闢建一處花園，多麼盼望你回來時欣賞。我在石橋頂上覆蓋了茅草，那兒有濃密的綠陰與屋宇相接。觸目所及都是桂花和蘭草。啊！你回家的路途並不難走。我時而仰望高空的白雲，又時而在清澈的溪邊上長聲嘆息！」結尾兩句，李壁〈注〉：「此殆指蔡氏女之念己也。」非是。當是王安石望女心切，時常搔首延佇，

終不見來，心中悵然。平聲寒韻悠揚，適加添悽傷之感。此外，〈一日歸行〉可能是晚年悼念亡妻的作品，劉辰翁評：「古無復悲於此者。」〈和文淑溢浦見寄〉、〈送和甫至龍安微雨因寄吳氏女子〉、〈寄吳氏女子〉、〈次吳氏女子韻〉、〈除夜憶舍弟〉等，都是情深之作。

二、友　誼

〈思王逢原〉三首其一：

> 布衣阡陌動成群，卓犖高才獨見君。杞梓豫章蟠絕壑，騏驎騕褭跨浮雲。行藏已許終身共，生死那知半道分。便恐世間無妙質，鼻端從此罷揮斤。

詩意為：「隴畝躬耕的人們，動則成千上萬，要說才能超群出眾的只有你一個人。你好比蟠生在懸崖峭壁上的良材，又好比能跨越雲端日行千里的良馬。我們曾經共同許下了終生的志向，那裡料到半途中突然生死離別。我怕世間再也找不到像你這樣好的對手，從此沒有人可以共同砌磋學問，砥礪品格了。」王逢原名令，廣陵人，王安石的好友，二十八歲去逝。去逝之明年——嘉祐五年，王安石作三首詩以示哀慟之意。此詩頷聯對偶工密，頸聯流動。頷聯筆力雄健，頸聯筆致曲折哀傷。末聯典出《莊子·徐无鬼》：莊子送葬，過惠子墓，顧謂從者曰：「郢人堊慢其鼻端若蠅翼，使匠石斲之，匠石運斤成風，聽而斲之，盡堊而鼻不傷，郢人立不失容。宋元君聞之，召匠石曰：『嘗試為寡人為之。』匠石曰：『臣則嘗能斲之。雖然，臣之質死久矣。』自夫子之死也，吾無以為質矣，吾無與言之矣。」譬喻甚妙，王安石推重王逢原可見一斑。〈思王逢原〉三首其二：

> 蓬蒿今日想紛披，塚上秋風又一吹。妙質不為平世得，微言唯有故人知。廬山南墮當書案，湓水東來入酒卮。陳跡可憐隨手盡，欲歡無復似當時。

詩意為：「秋風又一度吹到你的墳上，今天墳上長長的野草想必給風吹得亂紛紛。你具有卓越的才能，美好的品德，在這清平之世卻得不到賞識和重用。你深刻的思想，只有我才了解。南面廬山的山影正好倒

映在我們的書桌前，溢水向東而流，卻湧進了我們的酒盞裡。令人傷感的是：往事歷歷，都隨著你的去逝而煙消雲散，我再也無法找回像往日一般的歡笑了。」王安石當時遠在京師。首聯摹景，純粹出於想像。頷聯慨嘆王逢原懷抱高才，卻是寂寞無人知，意思有轉折。頸聯寫景，是追憶往日在鄱陽共同讀書的樂趣。末聯自傷。整首詩有想像有寫實；有追憶往事也有預測未來；有推重有痛惜；更有悲傷與歡樂交織於其間，讀來令人迴腸盪氣。陳後山〈山谷草書絕句〉：「妙質不為平世用，高懷猶有故人知。」述者不及作者。〈思王逢原〉三首其三：

> 百年相望濟時功，歲路何知向此窮。鷹隼奮飛凰羽短，騏
> 驎埋沒馬群空。中郎舊業無兒付，康子高才有婦同。想見
> 江南原上墓，樹枝零落紙錢風。

詩意為：「開國百年以來，人們正翹首企盼國富兵強，天下太平，誰知你的命運就此已走到了盡頭。你好比鷹隼想要振翅高飛，卻缺少長而有力的翅膀。又好比日行千里的騏驎，才能埋沒，無人賞識。你和蔡中郎的遭遇相似，卻沒有兒子來繼承畢生的事業。然而，卻和康子一樣，擁有一位賢德的妻子，為你妥善料理身後。想像今日江西荒野上的墓塚，樹葉零落滿地，而燃燒的紙錢灰燼正隨風紛飛。」首聯視王逢原極高，卻嘆才能不得行世。次聯當句有對，以鷹隼騏驎譬喻逢原高才。凰羽短、馬群空用典，對抱才未用而撒手人寰深致惋惜之意。頸聯仍用故實，先惜其身後蕭條，沒有子息傳承香火，繼則頌美妻子賢能。末聯以景作結，安慰塚上有人祭拜，還感傷往者已矣。從多首悼亡詩即可知悉兩人的交誼了。〈雲山詩送正之〉：

> 雲山參差碧相圍，溪水詰曲帶城陴。溪窮壤斷至者誰？予
> 獨與子相諧熙。山城之西鼓吹悲，水風蕭蕭不滿旗。子今
> 去此來何時？予有不可誰予規。

詩意為：「高插入雲的山峰有高有低，四周碧雲繚繞。曲曲折折的溪水，與城上的矮牆相接。在溪水盡頭和陸地相連的地方有個人迎面走來，他是誰呢？我和他相處最為融洽了。由山城的西邊傳來蕭鼓吹奏

的悲傷曲調，風吹過水面，陣陣輕寒，欲吹不動船上的旗子。你今日
離去，要到什麼時候才會回來呢？我若是言行有缺失，誰來規勸呢？」
正之即孫侔，是王安石官淮南所結識的畏友，能夠直言規勸。詩中運
用兩個問句，使平面的敘述變得生動起來。頸聯取實景烘襯送行的環
境氣氛，並反映離別悲傷的情緒。末聯據賀裳《載酒園詩話》：「蓋孫
不以養歸，故下語剴切。」按《臨川集》卷八十四有〈送孫正之序〉：
「正之行古之道，又善爲古文，予知其能以孟韓之心爲心而不已者
也。」「以正之之不已而不至焉，予未之信也。」「正之之兄官於溫，
奉其親以行，將從之，先爲言以處予。予欲默安得而默也。」則賀裳
所評的然有據，非虛語也。〈送耿天騭至渡口〉：

　　雪雲江上語依依，不比尋常恨有違。
　　四十餘年心莫逆，故人如我與君稀。

詩意爲：「在漫天大雪的江上依依與你話別，這場離別之恨意義重大，
非尋常的分別所可比擬的。我和你四十餘年莫逆於心的交情，即使在
古人當中也是少有的啊！」詩是元豐年間所作。起句表示在大雪的天
氣也阻擋不了送好友離別的熱情，意謂二人交情非泛泛。三四句補述
次句，純用白描，打破律句慣常的結構，如從口脫出，自然深情。後
蘇軾詞「算詩人相得，如我與君稀」，即襲用其語。關於王安石與耿
天騭的交情，另一首〈己未耿天騭著作自烏江來予逆沈氏妹于白鷺洲
遇雪作此詩寄耿天騭〉可參看。「朔風積夜雪，明發洲渚淨。開門望
鍾山，松石皓相映。故人過我宿，未盡躋攀興。而我方渺然，長波一
歸艇。款段庶可策，柴荆當未暝。與子出東岡，牆西掃新徑。」寫得
美極，有六朝古意。劉辰翁評曰：「無一句可點，而情景曒然，無一
字剩，故不俗。」〈次俞秀老韻〉：

　　解我蔥珩脫孟勞，暮年甘與子同袍。
　　新詩比舊增奇峭，若許追攀莫太高。

詩意爲：「解下我身上所佩戴的玉環和寶刀，晚年很高興能夠和你結
爲兄弟。你新做的詩比以往更加新奇峭拔，若要讓我趕上你，千萬

別寫的太好了。」蕙，青玉。珩，佩上玉。《臨川集》卷五十六〈賜
玉帶謝表〉：「伏蒙聖恩，以收獲熙河洮岷疊岩等州特褒諭，親解玉
帶賜臣者。」且〈次韻張唐公馬上〉及〈江東召歸〉有「賜環終愧
繆恩臨」、「昨日君恩誤賜環」之語，即御賜玉帶。孟勞，魯寶刀。
俞秀老，名紫芝，揚州人。《石林詩話》卷中：「少有高行、不娶，
得浮圖心法，所至翛然，而工於作詩。王荊公居鍾山，秀老數相往
來，尤愛重之，每見於詩，所謂『公詩何以解人愁，初日芙蕖映碧
流。未怕元劉爭獨步，不妨陶謝與同遊。』是也。秀老嘗有『夜深
童子喚不起，猛虎一聲山月高。』之句，尤爲荊公所賞，亟和云：『新
詩比舊仍增峭，若許追攀莫太高。』秀老卒於元祐初。」王安石晚
年委身與俞秀老相交，甚爲相得。「若許追攀莫太高」句，是客氣話。
〈送鄧監簿南歸〉：

> 不見驪塘路，茫然四十春。長爲異鄉客，每憶故時人。
> 水閱公三世，雲浮我一身。濠梁送歸處，握手但悲辛。

詩意爲：「我不見驪塘已四十年之久，長年作客他鄉，每每想念起老
朋友。不知不覺你已經老了，而我也像浮雲一樣，轉眼便消失了。我
在河邊爲你送行，握著你的手，心中充滿著悲傷和酸楚，竟說不出一
句話來。」鄧監簿名鑄，李壁〈注〉：「公之故人，自臨川至金陵省公，
留踰月，公作此詩送之，又雜錄詩一卷與鄧，元豐六年秋也。」驪塘
即烏塘，在撫州。首聯寫睽違家鄉已久。頷聯寫漂泊異鄉卻不忘老友。
頸聯二句爲人我、數字相對，且事出佛典，語意含藏不露。末聯典出
《莊子秋水篇》，「以莊子惠子二人親密的交情，比喻自己和鄧鑄的關
係，兩句承上而來，點題作結，哀感甚深。」周錫馥所評甚切。其餘
如〈全椒張公有詩在北山西庵僧者塓之悵然〉、〈寄吳沖卿〉二首、〈送
黃吉父入京題清涼寺壁〉、〈送王補之行風忽作因題四句於舟中〉、〈無
錫寄孫正之〉、〈答曾子固南豐道中所寄〉、〈寄曾子固〉等，都屬內容
相近的同類作品。

三、鄉愁旅思

〈姑胥郭〉：

> 誤褫雲巾別故山，抵吳由越兩間關。千家漁火秋風市，一
> 葉歸舟暮雨灣。旅病惛惛如困酒，鄉愁脈脈似連環。情知
> 帶眼從前緩，更覺顛毛自此班。

詩意為：「當年解下雲巾告別了故鄉，只是一項錯誤的決定。從越地
到吳地，嚐盡了艱難的滋味。在那漁火密佈吹著秋風的城市，有一葉
小舟正駛向暮色中下雨的港灣。旅途中患病昏沈沈的就好像醉酒似
的，鄉愁不斷從心底湧出就好像連環一般難以排解。明知衣帶變得愈
來愈寬了，如今又發覺頭髮也漸漸斑白了。」這首詩寫的的客途秋感，
無論內容和情調，都與〈葛溪驛〉十分接近，當是皇祐二年自臨川遊
錢塘順道前往蘇州所寫。首聯表白對出仕頗感懊悔。頷聯寫景，描繪
出漁港城市的特色。以「千家漁火秋風市」遼闊的境界，反襯「一葉
歸舟暮雨灣」的微小，來顯示旅途上的孤單。尤其「暮雨灣」三字，
反映出作者不得歸的沈哀心情。兩句全用實字健句的表現方式。所謂
實字，指名詞、動詞、形容詞。虛字指語助詞，感嘆詞、介係詞、連
接詞。實字在句子中多，密度就比較為大，句子就顯得比較為堅實密
栗。如黃庭堅〈寄黃幾復〉有「桃李春風一杯酒，江湖夜雨十年燈。」
之句，遠學白居易〈長恨歌〉：「春風桃李花開夜，秋雨梧桐葉落時。」
近則倣效王安石「千家漁火秋風市，一葉扁舟暮雨灣。」頸聯「旅病」、
「鄉愁」，點明主題。「脈脈」、「惛惛」為疊字。「如困酒」、「似連環」
為譬喻。末聯寫病身消瘦，頭髮斑白，可見鄉愁之濃了。〈寄友人〉：

> 飄然羈旅尚無涯，一望西南百歎嗟。江擁涕洟流入海，風
> 吹魂夢去還家。平生積慘應銷骨。今日殊鄉又見花。安得
> 此身如草樹，根株相守盡年華。

詩意為：「這種客居異鄉四處漂泊的生涯還沒有個盡頭，舉目遙望西
南邊，真令人感慨萬千。大江擁著我的淚水向東流入海裡，風又將我
的魂夢吹送到家鄉。平生許多悲慘的遭遇已夠將人折磨得憔悴不堪

了，如今在他鄉卻又見到花開。怎能夠讓身體就像花草樹木一樣，樹根和樹幹永遠相守在一起，直到年歲已盡？」此詩為至和元年自舒州赴京所作。前一年王安石祖母甫於臨川去世，王安石曾回鄉一行。這是次年在旅途中，一時傷感，寫以贈友人。首聯「一望西南」即點明為思鄉。頷聯寫因悲傷而流淚，因思歸而有夢。頸聯再寫思鄉殷切。末聯無理而高妙。〈登越州城樓〉：

> 越山長青水長白，越人長家山水國。可憐客子無定宅，一
> 夢三年今復北。浮雲縹紗抱城流，東望不見空回頭。人間
> 未有歸耕處，早晚重來此地遊。

詩意為：「越地的山終年蒼翠，水也永遠清澈。越人長久以來就住在這美麗的山水國度裡，可歎我這個異鄉遊子居無定所，在這作官三年，恍如一夢，如今又要銜命北返京師了。浮雲飄忽不定，環繞著城樓，我向東遙望，卻看不見鄞縣，只有回過頭來，心裡感到一陣惆悵。人世間我還沒有找到歸隱的地方，遲早我還要來此重遊。」這首詩是皇祐二年鄞縣任滿回京前作，旨在抒發對鄞縣依戀不捨的心情。首聯描述鄞縣依山傍水的特色，刻意使用重字，使句意迴旋往復。頷聯形容客居的生涯。頸聯寫不捨離別。末聯許下重遊的心願，強調對鄞地的情感。李壁〈注〉：「公眷眷於鄞，猶愛桐鄉之意。」〈次韻唐公〉三首其三（旅思）：

> 此身南北老，愁見問征途。地大蟠三楚，天低入五湖。
> 看雲心共遠，步月影同孤。慷慨秋風起，悲歌不為鱸。

詩意為：「我這一生南北奔波，不知不覺已經老了。最令人發愁的是被人問起行程到那。我的足跡廣闊，遍及三楚地帶，曾見過青天低低地倒映在五大湖泊的壯美景觀。每當仰望著雲，我的心就隨雲飄到悠遠的天邊；而我踏著月色趕路，心情就和腳下的身影一樣孤單。每當秋風一起，總教我心情激動不已，高唱著悲傷的歌曲。不過，並非為了家鄉那風味絕佳的鱸魚。」此詩是江東提刑任滿回京途中所作。在旅途中感傷老大仍過著江湖漂泊的生涯。有才不為世用，已經夠寂

寞，還遭到無情的詆譭，更覺孤單。一時百感交集，興起辭官歸里的念頭。「強將詩詠物，收拾濟時心」、「材非常世用，穀有故人推」、「試盡風波惡，生涯亦可哀」，〈次韻唐公〉第一首第二首直陳心事，較為露骨，但可以作為此詩的註腳。「悲歌不為鱸」典出《世說新語・識鑒門》：「張季鷹辟齊王東曹掾，在洛，見秋風起，因思吳中菰菜、蓴羹、鱸魚膾，曰：『人生貴得適意爾，何能羈宦數千里，以要名爵。』遂命駕便歸。」卻反其意而用之。王安石是撫州人，後遷家金陵，因此，金陵已被視為第二故鄉。王安石終究是懷抱著豪情壯志想要用世濟時的，雖然家鄉對他而言是十分的依戀，卻並沒有真正回鄉的打算。只不過不稱意，心中一時充塞著矛盾情結。頷聯二句寫景開敞，當中「蟠」字，「入」字，是所謂字眼。而「三楚」、「五湖」皆包涵數字之地理名詞，對仗工整。《唐子西文錄》：「王荊公五字詩得子美句法」，即此二句。頸聯寫懷抱高遠的志向卻嚐盡孤迴的滋味，其學杜詩「片雲天共遠，永夜月同孤」的痕跡，更為明顯。景有鉅細，時有晝夜，對比性強。〈題西太一宮壁〉二首其一：

> 柳葉鳴蜩綠暗，荷花落日紅酣。
>
> 三十六陂春水，白頭想見江南。

詩意為：「楊柳深處傳來一陣陣的鳴叫聲，綠陰更顯得幽暗了。荷花在落日霞光的照映下，紅艷的像極了美人酣醉的臉龐。那三十六陂澄澈的春水，使我在頭髮斑白之年，再度想起了江南的景色。」西太一宮在汴京城西。王安石第一次和父兄前往是在景祐三、四年間。三十年後，治平四年九月召為翰林學士，熙寧元年四月自金陵赴京，詩作於此時。這是一首六言絕句。起首兩句句法相同，均由兩組名詞相連，柳葉、鳴蜩，荷花、落日，再加以形容詞綠暗，紅酣組合而成。其中暗字、酣字下得極切，烘染出黃昏落日時分特有之景色情調。接著兩句為流動句法。三十六陂，池塘名。李壁注：「神宗元豐二年導洛通汴，引古索河為源，注房家黃家孟王陂及三十六陂高仰處瀦水為塘，以備水不足，則決以入河。據此則京師亦有三十六陂。未知公所指在

何處。」然又曰：「三十六陂在揚州天長縣，故云想見江南。」當是王安石在京中見三十六陂，與揚州三十六陂景色相彷，不由興起對江南思念的情懷。白頭與綠暗、紅酣，顏色對比鮮明。蔡絛《西清詩話》：「元祐間，東坡奉祠西太乙，見公舊題：『楊柳鳴蜩綠暗，荷花落日紅酣。三十六陂春水，白頭想見江南。』注目久之曰：『此老野狐精也。』」一時戲謔之語，殆是服其精妙。其後，蘇軾、黃庭堅、楊萬里都有和作。宋黃昇《玉林詩話》：「六言絕句如王摩詰『桃紅復含夜雨』，及王荊公『楊柳鳴蜩綠暗』二詩，最爲警絕。」陳石遺《宋詩精華錄》：「絕代銷魂，荊公詩當以此二首壓卷。」按此詩有二首，第二首：「三十年前此地，父兄持我西東。今日重來白首，欲尋陳跡都迷。」〈泊船瓜洲〉：

> 京口瓜洲一水間，鍾山祇隔數重山。
> 春風自綠江南岸，明月何時照我還。

詩意爲：「京口和瓜州之間只有一水相隔，而從瓜州到鍾山，也不過只隔著幾座山峰。春風吹過江南，原野上一片綠意盎然。明月甚麼時候才照著我歸來呢！」這是熙寧八年二月自知江寧府復拜同平章事、昭章館大學士，赴京途中所作懷念金陵的作品。淡筆寫來，卻自顯深情。京口二句寫路程不遠，意謂回鄉不難，是自我安慰之詞。春風一句寫江南的春草空自青翠茂盛，乃遺憾無人欣賞。尾句才一出發，便懷歸心。「同時所作的〈再題南澗樓〉、〈被召作〉、〈望淮口〉、〈入瓜步望揚州〉、〈雜詠〉四首等詩，都流露出比較明顯的抑鬱情緒，可見作者復出，只是『勉爲神宗一起』，對時局並不感到怎麼樂觀。」周錫馥確有所見。〈烏塘〉：

> 烏塘渺渺漾平堤，堤上行人各有攜。
> 試問春風何處好？辛夷如雪柘岡西。

詩意爲：「烏塘的水茫茫一片，清澈的塘水漫到了堤邊。堤上行人肩挑手提，熙來攘往。試問那裡的春色最美好？該是雪白的辛夷花盛開的柘岡西邊。」此詩是晚年爲緬懷美景如畫的烏石崗和柘岡而作，雖

爲短製,卻極富有情味。「堤上行人各有攜」句,描繪出鄉村裡純樸生動的一面。辛夷,李壁引《本草》:「初開如筆,人呼爲木筆。……花似著毛小桃,色白而帶紫。」末句概括性強,寥寥數字,即將柘岡美景點染出來。〈送黃吉甫三首〉其一:

> 柘岡西路白雲深,想子東歸得重尋。
> 亦見舊時花躑躅,爲言春至每傷心。

詩意爲:「柘岡西邊的小路直伸向白雲深處,想你這次從東邊回去,可以再次尋訪舊遊的蹤跡。如也看見家鄉從前的躑躅花,煩勞你轉告一聲,每到春來我都會爲它傷心而落淚。」此詩是退居金陵後所作。由於臨川躑躅花甚多,〈憶昨詩示諸外弟〉:「躑躅萬樹紅相圍。」而鍾山卻未產,老來思念故土,對代表撫州風物的躑躅情有獨鍾。此詩後二句簡直將花視爲老友,還託回鄉的朋友代爲致意!〈北山有懷〉:「傷心躑躅岡頭路,明日春風自往還。」也是思鄉之作。其餘如〈春風〉、〈到家〉、〈烏石〉、〈試院五絕〉第二首第四首、〈中書即事〉、〈江東召歸〉、〈雜詠〉四首、〈道人北山來〉、〈省中〉二首其一、〈題齊安寺山亭〉、〈清明輦下懷金陵〉等,皆寫羈愁旅思,或鄉土情懷。

四、閒　愁

以下數首,姑題閒愁。〈夜直〉:

> 金爐香盡漏聲殘,剪剪輕風陣陣寒。
> 春色惱人眠不得,月移花影上闌干。

詩意爲:「銅爐中的香已經燒盡,漏聲也即將停止。微風輕輕地吹著,帶來了陣陣的寒意。春天景色太美好,惱得我徹夜無法入眠。只有眼睜睜地注視著明月悄悄將花影挪移到欄杆上。」這首詩文字風格穠麗,集中已是少見,而情意之深長委曲,更可推爲宋朝第一。應是任翰林學士或執政之初所作,「月移花影上闌干」一語已透露若干消息。王安石受神宗器重,驟履要津,正是君臣會合得志之秋,改革之舉刻不容緩,而責任也十分艱鉅;但隨著名位而至的是是非非只有更多,

無論對他本人或新法，都造成困擾和傷害，是改革上的不利因素，想起總教人心灰意冷，所謂「剪剪輕風陣陣寒」也。輾轉反側，清宵難以入眠，想想還是要歸咎於「春色」惹禍，「春色」為何？「月移花影上闌干」！〈步月二首〉其二：

> 蹋月看流水，水明蕩搖月。草木已華滋，山川復清發。
> 褰裳伏檻處，綠淨數毛髮。誰能挽姮娥，俯濯凌波襪。

詩意為：「我踏著月色去看流水，流水澄淨透明，並擁著明月蕩漾不已。花草樹木已經很繁茂了，而山水在月色照臨下越發清新壯麗。我褰起衣裳，伏在圍欄上，見水色是那樣的碧綠清澈，於是細數起我的髮絲，有誰能解救天上的嫦娥，俯身為他洗滌凌波襪上的塵埃呢？」此詩為隱居鍾山時所作。王安石在性格上具有高度的潔癖，極自重自愛。《彥周詩話》：「荊公愛看水中影，亦性所好。」並舉「秋水瀉明河，迢迢藕花底」、「晴溝漲春綠周遭，俯視紅影移漁舠」為例，自是巨眼。不惟如此，王安石詩中好使「淨」字，如「山花如水淨」、「歲晚洲渚淨」、「池塹秋水淨」、「雨過梅柳淨」、「菱葉淨如拭」、「陂月臨淨路」、「濠魚淨流連」、「俯窺憐綠淨」、「綠岡初日溝港淨」等，也都是這種高潔性格的具體表現。然而，一身潔白之操，並沒有多少人了解；退隱了，還全身沾染俗塵以歸，所謂「誰能挽姮娥，俯濯凌波襪」，是發乎心底的吶喊，有極欲滌清黑白，解除紛擾之意。〈法雲〉：

> 法雲但見脊，細路埋桑麻，扶輿度陽燄，窈窕一川花。一川花好泉亦好，初晴漲綠濃於草。汲泉養之花不老，花底幽人自衰槁。

詩意為：「遠遠只望見法雲寺高高隆起的屋脊，羊腸小徑都被茂盛的桑麻遮掩起來了。我乘坐肩輿，穿過山野，熱浪一波波迎面襲來。忽見遠處有條小溪，溪邊長滿了花朵。溪邊的花開的很美很繁茂，泉水也很清涼甘甜。尤其天氣剛放晴的時候，整條溪都是碧綠色，比青草看上去還要碧綠青翠。我汲泉回去供養花朵，花朵年年盛開，永遠都不會衰老。可是，那花叢底下靜靜賞花的老人容顏卻一年比一年憔悴

枯槁了！」這首古詩與〈新花〉同是自傷衰老。〈法雲〉一首，劉辰翁〈評點〉：「只如此最好。」讀之曩有餘韻。而〈新花〉：「老年無忻豫，況復病在床。汲水置新花，取慰以流芳。流芳不須臾，吾亦豈久長。新花與故吾，已矣可兩忘。」李壁〈注〉：「別本有絕筆二字。」應是元祐初病中所作，爲王安石平生絕筆，不忍卒讀。

第六節　登臨詩

　　王安石平生每登山臨水輒有詩興，皆非純粹爲山川勝景而寫，有時抒發一時之所感，有時憑弔古跡，有時寄託個人身世懷抱。不唯時見佳句俊語，且內容涵義深刻。如〈題舒州山谷寺石牛洞泉穴〉：

　　　水泠泠而北出，山靡靡以旁圍。
　　　欲窮源而不得，竟悵望以空歸。

詩意爲：「清涼的泉水向北淙淙流去，連綿的山峰圍繞在四周。我想探出它的活水源頭，可是卻辦不到，祇好悵然失望地回去了。」詩名一作〈留題三祖山谷寺石壁〉。王安石〈自注〉：「皇祐三年九月十六日，自州之太湖過懷寧縣山谷乾元寺宿，與道人文銳、弟安國擁火遊石牛洞，見李翱習之書，聽泉久之，明日復遊，乃刻習之後。」時年三十一歲，在舒州。前二句寫景，「泠泠」、「靡靡」爲疊字，形容山水曲盡其妙。後二句抒感，風致蕩然，尤令人尋思。《韻語陽秋》：「元豐間魯直嘗至其處，亦題詩云：『司命無心播物，祖師有記傳衣。白雲橫而不度，高鳥倦而猶飛。』蓋效其作也。晁无咎《續楚詞》載荊公詞，以爲二十四言具六藝群言之遺味，故與經學典策之文俱傳。未曉其說也。」王安石詩較山谷爲自然。周錫䪖：「這是以辭賦體寫成的短詩，信筆揮灑，自成高格。」〈落星寺〉：

　　　崒雲臺殿起崔嵬，萬里長江一酒杯。坐見山川吞日月，杳
　　　無車馬送塵埃。鴈飛雲路聲低過，客近天門夢易回。勝概
　　　唯詩可收拾，不才羞作等閑來。

詩意爲：「高聳入雲的臺殿矗立在山頭，萬里的長江，遠遠望去，不

過像一只小酒杯而已。只見遼闊的山河吞吐著日月，絕無煩囂的車馬捲起半點塵埃。鴻雁從雲層飛過，傳來低沈的叫聲。仰望天門，彷彿就近在咫尺，令人塵念頓息，猛然回首。這樣壯美的景象只能用詩歌來讚歎，我儘管無材，也不甘心白來一趟。」沈欽韓〈注〉：「全集題下有『在南康軍江中』六字。《一統志》：『落星寺，在南康府城南三里，落星石上。一名法安院，唐乾寧中建。今廢。』」據此，詩作於嘉祐三年江東提刑任上。起句極寫落星寺之高聳。次句寫位置高，相對視線遠，萬里長江乃盡收眼底。〈游土山示蔡天啓秘校〉：「定林瞰土山，近乃在眉睫。誰謂秦淮廣，正可藏一艓。」視覺效果是類似的。頷聯出句承次句繼寫視野的開闊，落句寫人跡所罕至，環境極其清幽。頸聯出句承前句而來，以環境幽靜，故鴈聲隱然可聞。鳴鴈南飛暗示遊子思鄉。客近一句典出《晉書‧陶侃傳》：陶侃「夢生八翼，飛而上天，見天門九重，已登其八，唯一門不得入。閽者以杖擊之，因墜地。折其左翼。及寤，左腋猶痛。」後位至八州都督。陶侃是鄱陽人，故用他的典故，最爲親切。意謂身登絕境，視世之榮利有如夢幻。周錫䪖：「以上兩句極寫去樓之高。後一句還寓有要看破紅塵，急流湧退之意。與本詩寫寺院的內容暗合。」末聯以登臨賦詩作結。整首章法工密。《王直方詩話》：「落星寺在彭蠡湖中，劉咸臨嘗親見寺僧言，幼時目睹閩中章傳道作此詩前六句皆同，其末云『勝概詩人盡收拾，可憐蘇石不曾來。』蘇石謂子美、曼卿也。後人愛其詩者改末句作荊公詩傳之，遂使一篇之意不完。其體與荊公所作詩亦不類。」而《苕溪漁隱叢話》曰：「直方所言非也，此詩句語體格，眞是荊公所作，他人豈能道，此識者必能辨之。」胡仔的意見爲高。此詩充分反映王安石厭倦於江湖漂泊的生涯，卻又不甘才華被埋沒，理想抱負未能施展而歸的矛盾心情。〈次韻舍弟賞心亭即事二首〉其二：

> 霸氣消磨不復存，舊朝臺殿祇空村。孤城倚薄青天近，細雨侵凌白日昏。稍覺野雲乘晚霽，卻疑山月是朝墩。此時江海無窮興，醒客忘言醉客喧。

詩意爲:「建康一帶王氣已經消磨殆盡,如念已不復存在。前朝豪華的
宮殿,袛成了一座空蕩蕩的村落。這座孤立的城市與青天相連接,當白
天細雨不斷的時候,迷濛一片,看去猶如黃昏時的景色。當夜晚雨勢停
止了,濃雲密怖,容易讓人誤將山間的月當成是早晨初升的旭日。此刻
江海上景色變化多端,讓人產生無窮的興味。沒喝酒的客人心中有所領
略而忘了言語,只有喝醉的客人仍在喧嘩不已。」賞心亭在建康,下臨
秦淮,可盡觀覽之勝。王安石此詩在寫景之中寓有興替之感。世間興盛
衰亡是不斷交替進行著,而勝者爲王,敗則爲寇,成爲歷史不滅之定律。
起首二句因地緣關係抒發國家興亡的感慨。頷聯寫雨中的城市蕭條凄
涼,非昔日繁華可比。頸聯寫月色下產生的一種錯覺,富有深意。末聯
寫觀景之感受,予讀者以極大之想像空間。如〈登大茅山頂〉:

> 一峰高出眾山巔,疑隔塵沙道里千。俯視雲煙來不極,仰
> 攀蘿蔦去無前。人間已換嘉平帝,地下誰通句曲天。陳跡
> 是非今草莽,紛紛流俗尚師仙。

詩意爲:「大茅山從群山之中高高聳起,似乎和地面相隔著幾千里的
距離。俯視山下,層層的雲煙不斷地飄來,想攀住蘿蔦往上爬,可是
前面已經無路可通。人世間的始皇帝早已作古,地下又有誰曾經由句
曲山而直達天庭呢?往事陳跡,不論誰是誰非,如今都化成荒煙中的
野草,然而世俗還有人前仆後繼地學習神仙不老之術呢?」首聯極言
大茅山之高,頷聯出句寫山頂所見景色,落句意味山勢雖高,要上天
庭,卻是無路可通。頸聯爲一首警句,寫秦始皇曾登此山,因信神仙
之說而改臘爲嘉平,結果猶自不能長生,而世間也不曾有人在句曲山
成仙的。旨在破除神仙迷信之說。末聯感嘆人們執迷不悟,至今仍在
煉丹燒藥,祈求不死。此詩目的在證實流傳於當地的傳說爲荒唐不稽
之迷信。紀曉嵐:「前半登字頂字俱寫得出,後半切茅山生情,方非
浮響。二馮譏此詩爲史論,太刻。必不容議論,則唐人犯此者多矣。」
又曰:「宋人以議論爲詩,漸流粗獷,故馮氏有史論之譏。然唐亦不
廢議論,但不著色相耳。此詩純以指點出之,尚不至於史論。」(方

虛谷《瀛奎律髓》紀〈批〉）嘉平、勾曲用典，參見李壁〈注〉。〈登中茅山〉：「容溪路轉迷橫彴，仙几風來得墮樵。」容溪為溪名，仙几為山名，律精語妙，〈登小茅峰〉：「物外眞游來几席，人間榮願付苓通。」李壁〈注〉：「馬矢為通，豬矢為苓。」單宇《菊坡叢話》：「山以高而群仙易於接近，故云物外眞游來几席。身登絕境，視世之榮利如糞土，故云人間榮願付苓通。此一韻自公作古，前此未有人用。三詩皆絕妙。」如〈謝公墩〉：

> 走馬白下門，投鞭謝公墩。昔人不可見，故物尚或存。
> 問樵樵不知，問牧牧不言。摩挲蒼苔石，點檢屐齒痕。
> 想此結長檐，想此倚短轅。想此玩雲月，狼藉盤與樽。
> 井逕亦已沒，漫然禾黍村。摧藏羊曇骨，放浪李白魂。
> 亦已同山丘，緬懷蔣蘭蓀。小草戲陳跡，甘棠詠遺思。
> 萬事付鬼錄，恥榮何足論？天機自開闔，人理孰畔援？
> 公色無喜懼，儻知禍福根？涕淚對桓伊，暮年無乃昏。

李壁〈注〉：「墩在公所捨宅報寧禪寺後。」《建康志》：「謝公墩在半山寺，里俗相傳，謝安所嘗登也。其事殊無足據。」走馬四句寫尋訪謝公遺跡。問樵二句寫樵牧不識謝公為誰。摩挲六句緬懷謝陳跡，深情無限。以「想此」二字起首的三個句子，富含想像，且散文意味濃厚。井逕二句感慨景物人事全非。摧藏八句憑弔歷代遺跡。萬事四句感嘆世事，含有議論。結尾四句評論謝公行事。《晉書·謝安傳》載：「簡文帝疾篤，桓溫上疏薦安宜受顧命。及帝崩，溫入赴山陵，止新亭，大陳兵衛，將移晉室。呼安及王坦之，欲於坐害之。坦之甚懼，問計於安，安神色不變。」又：「帝嘗召伊飲，安侍坐。帝命伊吹笛，伊又撫箏歌怨詩曰：『忠信事不顯，乃有見疑患。』為安發也。安泣下沾衿，越席就之，捋其鬚曰：『使君於此不凡。』帝有愧色。」李壁繼〈注〉：「詩言安不懾於元桓，而垂涕於讒者，似未能一視禍福也。」與另一首〈謝公墩〉七絕：「謝公陳跡自難追，山月淮雲祇往時。一去可憐終不返，暮年垂淚對桓伊。」感嘆相同，均寄託個人的身世之

感於其中。此外，還有〈登寶公塔〉、〈雨花臺〉、〈次韻平甫金山會宿寄親友〉、〈金陵懷古〉、〈自金陵至丹陽道中有感〉、〈登飛來峰〉、〈華藏院此君亭〉、〈次韻登微之高齋有感〉，均屬登臨之作。

第七節　題畫詩

王安石的題畫詩，以〈杜甫畫像〉、〈虎圖〉、〈純甫出僧惠崇畫要予作詩〉三首，最膾炙人口。〈虎圖〉：

> 壯哉非羆亦非貙，目光夾鏡當坐隅。橫行妥尾不畏逐，顧盼欲去仍躊躇。卒然我見心為動，熟視稍稍摩其鬚。固知畫者巧為此，此物安肯來庭除？想當槃礡欲畫時，睥睨眾史如庸奴。神閒意定始一掃，功與造化論錙銖。悲風颯颯吹黃蘆，上有寒雀驚相呼。槎枒死樹鳴老鳥，向之俛啄如哺雛。山牆野壁黃昏後，馮婦遙看亦下車。

詩意為：「好強壯的一匹猛獸，既不是羆也不是貙。牠的眼光有如兩面明亮的鏡子，虎視眈眈的，正對著座位旁。牠安然地垂著尾巴向前走，一點也不怕人追捕。回頭看看，想離開，卻又停了下來。我驟然看見時，心裡暗吃一驚，仔細端詳之後，才輕輕地用手摩挲牠的鬍鬚。我知道這當然是畫家筆下巧妙的傑作；否則，這種猛獸怎麼肯跑到院子裡來？我想當畫家將要下筆的時候，一定是意氣昂揚，旁若無人，把那眾多的畫家都看成庸碌之輩，他神態閒適，心平氣和用大筆一揮，那創造力簡直與造化相差無幾。淒厲的風颯颯地吹動枯黃的蘆葦，寒冬的鳥雀在上面驚惶地互相呼叫，一隻老鴉在枝幹槎枒的枯樹上鳴叫，牠俯下頭向猛虎伸著嘴巴，像餵哺小鳥似的。如果黃昏之後將它懸掛在荒野的山壁上，馮婦在遠處看見了，一定會走下車來，準備和牠搏鬥。」此首為不轉韻的七古，共十八句，單行不對仗。壯哉四句，描寫畫中老虎生動的神態。起句用虛筆，絕口不提虎字，引人入勝。卒然四句寫看畫的心情感受，分剖細膩。劉辰翁評點：「它說虎處不過三兩句，卻有許多雍容調度。」想當四句，想像身懷絕技的

畫家在作畫時的神情態度，典出《莊子・田子方》：「宋元君將畫圖，眾史皆至，受揖而立，舐筆和墨，在外者半。有一史後至者，儃儃然不趨，受揖不立，因之舍。公使人視之，則解衣般礴臝。君曰：『可矣，是眞畫者也。』」悲風颯颯四句形容畫的背景，以雅雀鼓噪驚慌襯托虎之威風凜凜。末二句爲虛擬的情況，目的在渲染虎圖之逼眞。典出《孟子・盡心篇》下：「孟子曰：『是爲馮婦也。晉人有馮婦者，善搏虎，卒爲善士。則之野，有眾逐虎。虎負嵎，莫之敢攖。望見馮婦，趨而迎之。馮婦攘臂下車。眾皆悅之，其爲士者笑之。』」其中「想當槃礴欲畫時，睥睨眾史如庸奴。神閑意定始一掃，功與造化論錙銖」含議論，推崇畫家才能出眾，卻也將藝術大師恃才傲物、目空一切的性格特徵巧妙地傳達出來，這正是王安石少壯豪氣不自覺的投射。〈杜甫畫像〉：

> 吾觀少陵詩，謂與元氣侔。力能排天斡九地，壯顏毅色不可求。浩蕩八極中，生物豈不稠。醜妍巨細千萬殊，竟莫見以何雕鎪。惜哉命之窮，顛倒不見收。青衫老更斥，餓走半九州。瘦妻僵前子仆後，攘攘盜賊森戈矛。吟哦當此時，不廢朝廷憂。常願天子聖，大臣各伊周。寧令吾廬獨破受凍死，不忍四海赤子寒颼颼。傷屯悼屈止一身，嗟時之人我所羞。所以見公像，再拜涕泗流。推公之心古亦少，願起公死從之游。

詩意爲：「我讀杜甫的詩，認爲可以與創生萬物的元氣比美。它的力量能夠開拓天宇，迴轉天地。那雄壯的面目，堅毅的神態，世上再也難找。在廣闊無邊的世界裡，充滿著各種各樣的事物，有的醜有的美，有的大有的小，千差萬別，人們竟難以看出它們是怎樣被杜甫雕鎪刻畫出來的。只可惜他命運太差，窮困潦倒，不被朝廷收容。當個小官，到老來還被斥逐，飢困流離，走遍半個中國。瘦弱的妻兒病的病、死的死。盜賊紛紛，遍地干戈。就在這樣艱難困苦的時候，他吟詠詩歌，仍不忘爲國事擔憂。總希望天子聖明，大臣都像伊尹、周公一樣。寧願自己的房子破了，受凍而死，也不忍心天下人在寒風中挨凍。唉！

像現在那些只爲個人困阨屈辱而怨歎傷心的人，我眞爲他們感到羞恥。所以看見你的遺像，從心底油然升起一份虔敬的心理，一再向它膜拜行禮，涕淚也縱橫交錯地流下來。推究像你這樣的用心良苦，即使古人之中也很少見。我眞希望能使你起死回生，並永遠追隨在你的左右。」這首雜言古風，共十三韻二十六句。多以兩句五言和兩句七言更迭運用。爲避免節奏刻板，兩處五言連用四句，一處用兩個較長的九言句來調節變化。全首不用一個對偶，卻自緊湊精彩。此詩風格雄健，不表現在篇幅長度壯觀，而在其有風骨，在下筆用字及敘事議論遒勁有力，移人至深。此外。裁決沉言，篇無剩句，句無剩字，創作態度嚴謹，在在予人一種雄偉壯觀、肅然起敬之感受。起首八句，論贊杜甫在詩歌藝術上具有神奇偉大的創造力和成就。惜哉六句轉而敘述杜甫的身世，對困阨不幸的遭遇深表同情。如此才有抑揚。吟哦六句揄揚杜甫高尚的情操和廣闊的胸懷，隱括杜甫〈茅屋爲秋風所破歌〉：「安得廣廈千萬間，大庇天下寒士俱歡顏，風雨不動安如山。嗚呼！何時眼前突兀見此屋，吾廬獨破受凍死亦足。」傷屯四句論杜甫所以值得人們敬重的原因。「推公之心古亦少」句確立杜甫在詩史上的地位。末世興起崇敬進而效法之心。整首並未從畫像的形貌筆觸去摹寫，而是傳達畫中人物偉大的內在精神涵養。刻抉入裡，強烈震憾著人的心弦。眞是杜甫的知音。

〈純甫出釋惠崇畫要予作詩〉，爲一韻到底的七古，共十三韻二十六句，全篇單行不對仗。王安石晚年古風的代表作品，間亦雜有議論。起首二句說明惠崇在作者心目中的地位，以示推崇。旱雲二句寫畫幅具有神奇奧妙的力量，盛暑看畫，卻予人在河洲上一般清涼的感受。黃蘆四句承前句而來，描寫畫中的景觀，並綴入鄉情。暮氣二句繼續舖敘畫的內容，有聲有色，生動傳神。頗疑四句盛讚惠崇的高明的繪畫技術。「頗疑道人三昧力」，《石洲詩話》卷四：「王荊公題惠崇畫，屢用『道人三昧力』之語，初以爲只摹寫其畫筆之精耳。及見王虛溪題惠崇畫詩，自注云：『往年見趙德之說，惠崇嘗自言，我畫中

年後有悟入處，豈非慧力中所得之圓熟故耶？」今觀此短軸，定非少年時筆也。此可取以證荊公之詩，雖贊畫之語，亦有所據而云也。」「異域山川能斷取」承「往時所歷今在眼」之句，寫取材自然界的山水景物。「灑落生綃變寒暑」承「移我脩然墮洲渚」之句，寫畫面能引發人們豐富的聯想力，觀圖可產生消暑的作用。緒密思深。句中並用佛經語，配合惠崇僧人的身分。金坡二句宕開一筆，轉寫巨然善於畫山水題材，作爲陪襯。濠梁四句頌美另一位知名畫家崔白。「酒酣弄筆起春風，便恐漂零作紅雨」二句，極富詩情畫意，展現王安石對畫作豐富的想像力和高度的欣賞力。劉辰翁曰：「題畫亦是衆意，此獨寫到同時，不惟蕭散，襟度又不可及。比老杜〈韓幹〉又高，真宰相用人意也。故結語極佳，有風有欷。」一時二句，寫崔白惠崇——詩中賓主二人的生活境遇，華堂二句感歎世人不知愛重人材，以雙收作結。方東樹《昭昧詹言》卷十二：「通篇用全力千錘百鍊，無一字一筆懈，如挽百鈞之弩，此可藥世之粗才。」

　　〈題燕侍郎山水圖〉，爲不轉韻七古，共六韻十二句。往時二句追憶少時一段浪漫富於情趣的經歷。「蒼梧之野煙漠漠，斷隴連岡散平楚」二句，狀楚地山水，概括性強，將山水特徵表出。「暮年傷心波浪阻，不意畫中能更睹」二句，觸景傷情。且上句七字，平生艱難，全收拾其中。以上六句寫畫，以下六句論作者爲人事功，並以感慨作結。章法明晰。《彥周詩話》：「畫山水詩，少陵數首無人可繼者，惟荊公觀燕公山水詩前六句差近之，東坡〈煙波疊嶂圖〉一詩亦差近之。」此外，〈題扇〉、〈陰山畫虎圖〉、〈題徐熙花〉、〈陶縝榮示德逢〉等皆同一系列作品。

第八節　詠物詩

　　〈耕牛〉：

　　　朝耕草茫茫，暮耕水滴滴。朝耕及露下，暮耕連月出。
　　　身無一毛利，主有千箱實。皖彼天上星，空名豈余匹。

詩意爲：「早晨耕田的時候，田裡還是茫茫的一片野草，傍晚耕田的時候，田間已是一片泥水蕩漾。從早晨露水初下就開始耕種，直耕到傍晚月亮出來。自己得不到絲毫的利益，卻爲主人帶來千箱的穀物。那天上明亮的星辰，空有牽牛的美名，那裡能和我的勤勞相比呢！」周錫馥《王安石詩選》：「耕牛，在這首詩裡是正直、能幹的官吏化身。作者用比擬的手法，讚揚牠埋頭苦幹、忘我勞動的精神，而對那些高高在上、尸位素餐的人表露了深刻的不滿。」〈殘菊〉：

> 黃昏風雨打園林，殘菊飄零滿地金。
> 折得一枝還好在，可憐公子惜花心。

詩意爲：「黃昏一陣風雨來襲，將花園內菊花金黃色的花瓣吹得零落滿地。一位公子摘下一枝沒有遭到吹損外觀仍然完好的花朵，他那份愛惜花朵的心意，著實令人感動！」此詩歷來學者聚訟紛紜，莫衷一是，始於《西清詩話》的一段記載：「歐陽文忠公嘉祐見王文公詩：『黃昏風雨暝園林，殘菊飄零滿地金。』笑曰：『百花盡落，獨菊枝上枯耳。』因戲曰：『秋花不比春花落，爲報詩人仔細看。』文公聞之，怒曰：『是定不知《楚辭》云，餐秋菊之落英。歐陽公不學之過也。』文人相輕，信自古如此。」《藏海詩話》以歐陽脩語爲東坡語。《吳禮部詩話》：「惜人譏王介甫『殘菊飄零滿地金』之句，以『秋英不比春花落』，公引《楚辭》爲證。或謂『落，初也，始也，如落成之落。』愚謂《楚辭》落英與墜露對言，屈子似非指落爲始者，讀者不以辭害意可也。朱子不釋落字，亦闕疑之意。」《高齋詩話》：「荊公云：『蘇子瞻讀《楚詞》不熟耳。』予以謂屈平『餐秋菊之落英』，大概言花衰謝之意，若『飄零滿地金』則過矣。東坡既以落英爲非，則屈原豈亦謬誤乎？」《苕溪漁隱叢話》：「《六一居士全集》及《東坡前後集》，均無『秋英不比春花落』二語。」李壁〈注〉：「據落英乃是桑之未落，華落色衰之落，非必言花委於地也。歐王二巨公，豈不曉此？切疑小說皆謬不可信。」《石洲詩話》卷二：「今按始之義，乃落成之落，自與此落字不同，而詩既以飄零滿地爲言，則似亦不僅色衰之義矣。」

問題始終盤旋在「落」字的解釋上，而未能從實物上去觀察，遑論詩意的探究了。此詩一方面頌美那於秋風秋雨中堅忍挺立的菊花，一方面以惜花之人入詩，對其識菊的韻度，給與絕佳的讚賞與評價。〈和晚菊〉：「可憐蜂蝶飄零後，始有閑人把一枝。」〈城東寺菊〉：「黃花漠漠弄秋暉，無數蜜蜂花上飛，不忍獨醒辜爾去，慇懃為折一枝歸。」意思相類，既寫出菊花的孤高，又都含有惜花之意。〈次韻和甫詠雪〉：

　　奔走風雲四面來，坐看山隴玉崔嵬。平治險穢非無德，潤
　　澤焦枯是有才。勢合便疑包地盡，功成終欲放春回。寒鄉
　　不念豐年瑞，只憶青天萬里開。

詩意為：「天上烏雲密佈，強風自四面吹掠而來。眼看著一座座山嶺被白雪覆蓋。這雪能夠填平險阻，除去污穢，不算無德了；更何況它還有潤澤乾枯大地的才能。當它由四面聚攏而來，似乎把整個大地都包裹住了；等發揮功用之後，便又將春天送回人間。那些貧寒的鄉人不想它是豐年的徵兆，只一心盼著萬里青天快快晴朗起來。」王安石詠雪之作有許多首，〈次韻和甫詠雪〉之外，還有，〈和吳沖卿雪詩〉、〈和沖卿雪并示持國〉、〈次韻王勝之詠雪〉、〈次韻張氏女弟詠雪〉，而〈讀眉山集次韻雪詩〉且達六首之多。這首詩氣勢沈雄，筆力健拔，反映王安石胸中不凡的抱負。阮閱《詩話總龜》：「唐僧多佳句，其琢句法，比物之意，而不指言一物，謂之象外句。如無可上人詩曰：『聽雨寒更盡，開門落葉深。』是落葉比雨聲也。又曰：『微陽下喬下，遠燒入秋山。』是微陽比遠燒也。用事琢句，妙在言其用，而不言其名耳。此法唯荊公、山谷、東坡知之。……王荊公欲新政，作〈雪詩〉曰：『勢合便宜包地盡，功成終欲放春回。農家不念豐年瑞，只欲青雲萬里開。』」謂含象徵譬喻的意思。夏敬觀《王安石詩選註》加以申論：「詩意以喻新法之行，眾議但求其近害，而不知其有遠功，所謂『非常之原，黎民懼之』也。葉夢得《石林詩話》以為是少時之作，非是。」〈代白髮答〉一首：「看取春條隨日長，會須秋葉向人稀。」涵義近似。另一首〈雨過偶書〉：「霈然甘澤洗塵寰，南畝東郊共慰顏。

地望歲功還物外，天將生意與人間。霽分星斗風雷靜，掠入軒窗枕簟閑。誰似浮雲知進退，纔成霖雨便歸山。」為晚年罷相後手筆，不僅風格相同，即象徵譬喻手法也如出一轍。真能令人尋繹於言語之外，所謂「言有盡而意無窮」也。〈車載板〉二首其一：

> 荒哉我中原，珍果所不產。朝暮惟有鳥，自呼車載板。
> 楚人聞此聲，莫有笑而莞。而我更歌呼，與之相往返。
> 視遇若搏黍，好音而睨睆。壞壞生死夢，久知無可揀。
> 物弊則歸土，吾歸其不晚。歸歟汝隨我，可相蒿里挽。

詩意為：「我的園子一片荒蕪，沒有種植什麼奇珍異果。早晨和傍晚，祇有一種鳥，自稱車載板。楚地人聽到這種叫聲，沒有人會莞爾而笑。但是我卻用歌聲呼喚牠們，和牠們交朋友。牠們看起來像黃鳥，聲音其實也很美妙。人的一生當中，生死夢三者早知是無可選擇的。人死了，終歸要化作黃土，我難道還不算長命嗎？來！跟著我回去吧！死後還能為我送殯唱挽歌！」車載板即鵂鶹鳥。《本草·鴟鵂集解》引李時珍曰：「一種鵂鶹，大如鴝鵒，毛色如鷂，頭目亦如貓，鳴則後竅應之，其聲連囀，如云休留休留，故名曰鵂鶹，江東呼為車載板，楚人呼為快扛鳥，蜀人呼為春哥兒，皆言其鳴主有人死也，試亦驗之。」此鳥之稱車載板，大概是因為能預言人的死期。此詩作於元豐年間，表現作者對生死達觀的一面。另一首則是抒發多知見忌的感慨。詠物詩還有〈與微之賦梅花得香字三首〉、〈杏花〉、〈吐綬雞〉、〈鴟〉、〈同王濬賢良賦龜得升字〉等。

第九節　寓言詩

〈我欲往滄海〉：

> 我欲往滄海，客來自河源。手探囊中膠，救此千載渾。
> 我語客徒爾，當還治崑崙。歎息謝不能，相看涕翻盆。
> 客止我且往，濯髮扶桑根。春風吹我舟，萬里空目存。

詩意為：「我要到滄海去，有位客人來自黃河的發源地。他將手伸向囊

中取膠，說要救治黃河千年以來渾濁不清的弊病。我告訴客人，這樣做是徒勞無功的，應當要回到崑崙山去治水。他歎息著表示沒有辦法做到。我們相視而流淚，淚水流滿了水盆。客人不治水了，而我依然朝向大海而去，要到扶桑底下去洗頭。春風吹著我的船向前駛，眼前是一望無際茫茫的大海。」李壁〈注〉：「此正本澄源之意，謂不當徒治其末。」猶未著題。《圍爐詩話》卷五：「乃變法之本也。」可謂一針見血。王安石以為要富國強兵，要從根本上著手，即立法度。〈上仁宗皇帝言事疏〉：「顧內則不能無以社稷為憂，外則不能無懼於夷狄，天下之財力日以困窮，而風俗日以衰壞，四方有志之士，諰諰然常恐天下之久不安，此其故何也？患在不知法度故也。」〈日出堂上飲〉：

> 日出堂上飲，日西未云休。主人笑而歌，客子歎以愀。
> 指此堂上柱，始生在巖幽。雨露飽所滋，凌雲亦千秋。
> 所託願永久，何言值君收？乃令卑濕地，百蟻上窮鏤。
> 丹青空外好，鎮壓已堪憂。為君重去之，不使一蟻留。
> 蟻力雖云小，能生萬蚍蜉。又能高其礎，不爾繼著稠。
> 語客且勿然，百年等浮漚。為客當酌酒，何豫主人謀？

詩意為：「主人一早太陽出來，就在堂上飲酒，一直喝到太陽西下還沒有停止。主人高興地唱著歌，客人卻憂愁不安，嘆息不已。客人指著堂上的樑柱，說它原本生長在山林深處，飽受雨露的滋潤，長成凌雲大樹，至少也有千年之久。本來希望永遠長在山林裡，誰知被主人看中，採伐了來蓋屋。將它安置在低濕的地方，讓成百隻蟻在上面挖洞作巢。它徒然擁有塗著漆飾的美麗外表，然而承受太大的重量，著實令人擔憂。客人說要為主人撤換舊的樑柱，不讓一隻蟻留存，為害整體，因為蟻的力量雖然小，可是能孳生出成千上萬的蚍蜉來。然後再將基礎加高，不然會有更多的蟻聚集。主人告訴客人，不要管閒事，人生猶如泡影，很快就消逝了，客人應當只管喝酒，何必干預主人的事呢！」李壁〈注〉：「此詩意有所比喻，而其詞甚微。」又曰：「此詩主以喻君，客以喻臣；堂以喻君，柱以喻臣。堂上主人居安而忘危，

為客者視其蠱壞已甚，將有鎮壓之憂，為主人圖，所以弭患，此而不忘君卷卷之義。更張之念疑始於此。」詩中借題發揮，諷諭主人當有長遠眼光與鴻圖，為子孫立萬世的基業，不可貪圖目前的逸樂。同時要知人善任，愛惜人才，不要使他們遭致小人欺壓。王安石憂心國事，重視人才，由此可見。寓言詩還有〈禿山〉、〈同昌叔賦鴈奴〉、〈兩馬齒俱壯〉等，皆構思新穎，富於啓發性。其中除〈兩馬齒俱壯〉一首外，均具高度政治意義。

第六章　王安石詩的體裁句調和
修辭技巧

第一節　體裁句調

　　王安石以詩律謹嚴著稱於當世及後代。他不僅僅將對偶排比經營的工整茂密而已；凡平仄格律的調諧、韻腳的講求，均非率意而爲之。儘是這樣，在森羅的法度格律的約束之下，猶能周旋有餘，暢所欲言，並賦予詩的外在一種清新峭拔的風格，主要還是由於詩才靈活而又高明之故。以下將律詩和古體分開討論。

一、律　詩

　　王安石的律詩共一千一百三十九首，其中五言絕句七十四首，七言絕句五百一十四首，另有六言絕句四首。而五言律詩有一百五十首（含十首排律），七言律詩有三百九十七首（含二首排律）。他對於格律嚴格地講求，宋人已經提出，《詩人玉屑》卷十二引《陵陽室中語》：「王介甫律詩甚是律詩，篇篇作曲子唱得。」我們更可從以下的分析研究，得到證明。

（一）句　調

◎五言絕句

五言絕句有平起（齊頭）與仄起（尖頭）兩式。又以首句不押韻為定式，以首句押韻為變格。在王安石所有的五言絕句中，以仄起不入韻的聲調為最多，共四十九首，平起不入韻其次，共十六首，而仄起入韻有六首，平起入韻最少，僅三首。幾乎首首都遵守唐人既定的格律，絕少違律或落調的情形。並曾被劉辰翁評為：「妙冠古今。」而曾季貍以為「絕句之妙，唐則杜牧之，本朝則荊公，此二人而已。」茲試就四種聲調的運用及變化，分別舉例說明如下：

仄起不入韻

　　　　仄　平　　　　平　仄（韻）
　　愛此江邊好，留連至日斜。
　　　　平　仄　　　　仄　平（韻）
　　眠分黃犢草，坐占白鷗沙。（〈題舫子〉）

按譜五絕仄起不入韻的聲調，各句依序作「仄仄平平仄」、「平平仄仄平」、「平平平仄仄」、「仄仄仄平平」。〈題舫子〉運用的是標準仄起不入韻的調式。黏對悉合，有完全律化的平仄，聲情和婉諧美。

　　　　平　仄　平　　平　仄（韻）
　　南浦隨花去，迴舟路已迷。
　　　　仄　平　　　　仄　平（韻）
　　暗香無覓處，日落畫橋西。（〈南浦〉）

整首黏對悉合，唯有首句南字宜仄而用平，及第三句暗字宜平而用仄。不過，由於五律各第一個字平仄多可不論（落句為「平平仄仄平」的句調例外，第一字必用平聲，斷斷不可用仄，否則犯孤平，必須於當句第三字用平聲救轉，才算協律），故不為落調。

　　　　仄　平　　平　仄（韻）
　　日淨山如染，風暄草欲薰。
　　　　平　仄仄仄　　仄　平（韻）
　　梅殘數點雪，麥漲一川雲。（〈題齊安驛〉）

黏對完全合適，唯第三句第三字數宜平而用仄，形成三仄落腳。但此處可以通融。因五律「平平平仄仄」的調式，如果第三字宜平不得已

而用仄，落句可以不救，仍然合律。如杜甫〈湘夫人廟〉：「蟲書玉佩
蘚，燕舞翠帷塵。」常建〈題破山寺後禪院〉：「清晨入古寺，初日照
高林。」皆是。此首「梅殘數點雪，麥漲一川雲」，對仗工整，出句
下三字音節頓挫，落句則宛轉悠揚。

　　歲熟田家樂，秋風客自悲。

　　茫茫曲城路，歸馬日斜時。（〈秣陵道中口占〉二首其二）

第三句第四字城失黏。但凡五律「平平平仄仄」的聲調，第四字如不
得已拗平，則當句第三字斷須用仄聲救之。如杜甫〈上兜率寺〉：「江
山有巴蜀，棟宇自齊梁。」巴字應仄而用平，以仄聲有字救轉，為當
句自救，不算違律。杜牧：「秋山念君別，惆悵桂花時。」亦是。此
首曲城二字為地名，一拗一救，正巧協律。

　　蒲葉清淺水，杏花和暖風。

　　地偏緣底綠，人老為誰紅。（〈蒲葉〉）

五律出句「仄仄平平仄」的聲調，設若第四字應平而作仄，成「仄仄
平仄仄」，必於對句第三字用平聲諧轉，以暢其音，句式為「平平平
仄平」。如白居易〈賦得古原草送別〉：「野火燒不盡，春風吹又生。」
〈蒲葉〉一首起句第四字既用仄聲淺字，故於對句第三字用平聲和
字救之。清淺是雙聲，足以增益詩句之諧美；而和字在句中並成為
所謂之「句眼」。此為雙拗的例子。此外，落句首字當平而用仄，第
三字用平聲又可救本句第一字之拗，避免孤平落調之弊。拗救雖然
改變了固定勻整的格律，但是也憑添了文氣聲調的曼妙，這是詩人
在聲律上求全的苦心孤詣，形成近體詩中的特色。如宋范晞文《對
床夜語》卷二：「五言律詩固要貼妥，然貼妥太過必流於衰。苟能出
奇於第三字中，下一拗字，則貼妥中隱然有峻直之風。」說明了拗
救的作用。

　　隨月出山去，尋雲相伴歸。

平　仄　　仄　平（韻）
春晨花上露，芳氣著人衣。(〈山中〉)

五律出句「仄仄平平仄」的聲調，第一字悉可不論，第三字宜平而改仄，必於落句第三字換用平聲，成「平平平仄平」。此爲詩家通例，可令音節更爲峭健。如賈島〈酬姚校書〉：「不覺入關晚，別來林木秋。」張籍〈夜到漁家〉：「行客欲投宿，主人猶未歸。」皆是。〈山中〉首句第三字用仄聲出字，於對句同字用平聲相字救轉，情形相同。詩句一經拗救，即改平順柔緩而爲奇峭跳宕的聲調了。

平起不入韻

仄平爲仄　　仄　平（韻）
染雲爲柳葉，剪水作梨花。
仄　平　　平　平（韻）
不是春風巧，何緣有歲華。(〈染雲〉)

按譜五絕平起不入韻的聲調，各句依序作「平平平仄仄」、「仄仄仄平平」、「仄仄平平仄」、「平平仄仄平」。〈染雲〉首句起字染宜平而用仄，可以通融，其餘平仄及黏對悉合。

平仄平　　仄　平（韻）
聊行弄芳草，獨坐隱團蒲。
仄　平　　平　仄（韻）
問客茅簷日，君家有此無。(〈聊行〉)

五律出句「平平平仄仄」的調式，第三四字平仄互換，音節仍諧。如第四字宜仄用平而不救，便爲出律。〈聊行〉首句第四字用平聲芳字，故第三字用仄聲弄字救轉。這與前〈秣陵道中口占〉第三句作法相同，可參看。

平　仄　　仄　平（韻）
細書妨老讀，長簟愜昏眠。
仄仄仄仄仄　平平平仄（韻）
取簟且一息，拋書還少年。(〈臺上示吳願〉)

第三句一字失黏。但凡五律出句「仄仄平平仄」的調式，如全作仄聲「仄仄仄仄仄」，或作「平仄仄仄仄」、「仄仄平仄仄」，於對句第三字用平聲可以救轉，作「平平平仄平」或「仄平平仄平」。爲雙拗的現象。「取簟且一息」，句中第三四字皆應平而反用仄，形成五仄連用，故於對句第

—216—

三字平聲還字救之。李商隱〈樂遊原〉：「平仄仄仄仄向晚意不適，仄平平仄平驅車登古原。」

及〈落花〉：「平仄仄仄仄高閣客竟去，仄平平仄平小園花亂飛。」皆同，前〈蒲葉〉詩可參看。

　　平　　仄　　　仄　平（韻）
　　相看不忍發，滲澹暮潮平。

　　仄仄仄平仄　仄平平仄（韻）
　　語罷更攜手，月明洲渚生。（〈離昇州作〉）

五律出句「仄仄平平仄」的調式，第三字應平而換仄，均於次句第三字用平聲諧轉。如前〈山中〉一首。此詩三四句更字洲字平仄互換，音節仍諧。

　　平平仄仄仄　仄平平仄（韻）
　　新春十日雨，雨晴門始開。

　　仄仄平平平　仄仄平平（韻）
　　坐看蒼苔紋，莫上人衣來。（〈春晴〉）

此詩聲調不同於一般的律詩，黏對不僅完全失調，且各句下三字全用四拗。所謂四拗，是指「平平平」、「仄仄仄」、「平仄平」、「仄平仄」四種古風常用的調式。與律詩所習用的四諧相對，所謂四諧，是「平平仄」、「平仄仄」、「仄仄平」、「仄平平」四種調式。在看似凌亂之中，其實有序。除第二句之外，各句一二字同聲，並與當句第四五字相反。尤其後兩句調式完全相同，有特別強調詩意的作用在。此體嶙峋傲兀，韻格高古，真挺然不群者也。是一種拗律。

　　平仄仄仄　仄仄平（韻）
　　山雞照淥水，自愛一何愚。

　　仄仄仄仄　仄仄平（韻）
　　文采為世用，適足累形軀。（〈山雞〉）

五律起句「平平平仄仄」的聲調，第三字宜平作仄，可以不救，「山雞照淥水」仍然合律。五律起句「仄仄平平仄」的調式，設作「平仄仄仄仄」、「仄仄平仄仄」、及「仄仄仄仄仄」，當於落句「平平仄仄平」第三字換平為救。否則落句首字宜平而用仄，而第三字不救，亦形成孤平。「文采為世用」為「平仄仄仄仄」，對句「適足累形軀」第三字累為仄聲，拗而不救，是僅有的例子，但這是王安石有意作拗體。從各句下三字律化的平仄可知。

仄起入韻

　　仄　平　　　平　仄（韻）
　牆角數枝梅，凌寒獨自開。
　　平　仄　　　平　仄（韻）
　遙知不是雪，爲有暗香來。（〈梅花〉）

按譜五絕仄起入韻各句作「仄仄仄平平」、「平平仄仄平」、「平平平仄
仄」、「仄仄仄平平」。〈梅花〉一詩有律化的平仄，且黏對悉合，是標
準仄起入韻的聲調。

　　仄　平　　　平　仄（韻）
　江水漾西風，江花脫晚紅。
　平平仄平仄　　平仄仄平（韻）
　離情被橫笛，吹過亂山東。（〈江上〉）

第三句第四字橫失黏。但凡五律出句「平平平仄仄」的調式，第四字
拗平，如橫字；而於本句第三字用仄，如被字，即可救轉。參見前〈秣
陵道中口占〉之例。

　　仄仄平　　　仄平平仄（韻）
　桃李白城塢，餉田三月時。
　　平　仄　　　仄　平（韻）
　柴荊當自暖，花發少人知。（〈離詠〉四首其四）

黏對悉合。首句「仄仄平平仄」的聲調，第三字宜平而改仄，用白字，
故落句「平平仄仄平」的第三字宜仄而改平，用三字。且三字也救本
句首字餉，避免孤平落調。參見前〈山中〉一首。

　　仄　平（韻）　　平　仄
　西崦水泠泠，沿岡有洋亭。
　　平　仄　　　仄　平（韻）
　自從春草長，遙見祇青青。（〈洋亭〉）

崦字有平仄二讀，此首爲仄聲始協律。如〈東皋〉：「東皋攬結知新歲，
　仄
西崦攀翻憶去年。」〈誰將〉：「西崦東溝從此好，筍輿追我莫辭遙。」
均作仄聲。而〈江亭晚眺〉：「日下崦嵫外，秋生硫磺間。」則應作平
聲讀。

平起入韻

　　仄平平仄（韻）　　仄　平（韻）
　臥聞黃栗留，起見白符鳩。

　　仄　平　　　平　仄（韻）
　　坐引魚兒戲，行將鹿女遊。(〈臥聞〉)

按譜五絕平起入韻各句作「平平仄仄平」、「仄仄仄平平」、「仄仄平平
仄」、「平平仄仄平」。唐人規矩，「平平仄仄平」在落句，第一字必用
　　　　　　　　　　　　　　　　　　　　　　　　平平仄
平聲，斷斷不可作仄，如杜甫〈春望〉：「城春草木深」，錢起〈送僧
　　　　　　平平仄　　　　　　　　仄平仄　　　　　　仄平仄
歸日本〉：「來途若夢行」。設作「院春草木深」、「客途若夢行」，便是
　　　　　　　　　　　　　　　　　　仄平仄
犯了孤平的大忌。李白〈南陽送客〉：「寸心貴不忘」、杜甫〈玩月星
　　　　　仄平仄
漢中王〉：「夜深露氣清」，為千百首中一二特例。如第一字必不得已
而用仄，通常於當句第三字用平聲諧救。出句則不在此限，可以通融。
〈臥聞〉首句宜作「平平仄仄平」的調式，首字平仄可不論，但王安
石用仄聲臥字，仍於第三字用平聲黃字。末句同調，第一字依譜用平
聲行字，第三字照舊用仄。此首完全合律。

　　平平仄平（韻）　　仄仄平（韻）
　　翩翩白鳧鷗，汎汎水中游。
　　平平仄仄仄　　　仄仄平（韻）
　　西來久不見，夢想在滄洲。(〈和惠思波上鷗〉)

此首不同於一般律詩的聲調，黏對完全失調，但自有其規律。各句一
二字的聲調相同，並與鄰句相反。而第三字，第一第二第四句都用諧
「仄平平」，只有第三句用拗「仄仄仄」，音節顯得特別古拙渾樸。是
一種拗體。

◎七言絕句

　　七言絕句也有平起與仄起兩式，而以首句押韻為定式，首句不押
韻為變格。王安石的七絕中，以平起入韻二百六十首為最多，其次仄起
入韻也有二百零五首，平起不入韻三十五首，仄起不入韻十四首。宋張
邦基《墨莊漫錄》卷六：「七言絕句，唐人之作往往皆妙，頃時王荊公
多喜為之，極為清婉，無以加焉。」楊萬里《誠齋詩話》：「五七字絕句
最少而最難工，雖作者亦難得四句全好者，晚唐與介甫最工於此。」

平起入韻

　　　　平　仄　平（韻）　　仄　平　仄（韻）
　　樊籠寄食老低摧，組麗深藏肯自媒。

平仄　平　　仄　　　平平仄　平（韻）

天日清明聊一吐，兒童初見互驚猜。(〈吐綬雞〉)

按譜七絕平起入韻聲調，各句依序為「平平仄仄仄平平」、「仄仄平平仄仄平」、「仄仄平平平仄仄」、「平平仄仄仄平平」。此首黏對悉合，第三句首字及四句第三字宜仄而用平，均可通融，不為落調。

仄平　仄　平（韻）　　仄　平　　仄（韻）

雪乾雲淨見遙岑，南陌芳菲復可尋。

仄　　平　　仄　　平平仄　平（韻）

換得千鐕為一笑，春風吹柳萬黃金。(〈雪乾〉)

黏對完全合適，首句和末句第三字平仄可不論。無論聲調詩句皆自然諧暢。

平　仄平（韻）　　仄　　平　　仄（韻）

青燈隔幔映悠悠，小雨含煙凝不流。

仄仄平平仄平仄　仄平平仄仄平（韻）

祇聽蛩聲已無夢，五更桐葉強知秋。(〈五更〉)

此首第三句第六字失黏。但凡七律出句「仄仄平平平仄仄」的聲調，依譜第六字作仄，如不得已換平，則第五字斷斷用仄聲諧救。如杜甫〈江南逢李龜年〉：「正是江南好風景，落花時節又逢君。」王之渙〈塞上曲〉：「羌笛何須怨楊柳，春風不度玉門關。」「祇聽蛩聲已無夢」第六字用平聲無字，故第五字以仄聲已字救之，依然協律。王安石七絕偏愛運用拗句，類似的詩句普遍存在於詩集中。

仄平

佇立東岡一搔首，冷雲衰草暮迢迢。(〈寄蔡天啓〉)

仄平

深炷爐香閉齋閣，臥聽簷雨瀉高秋。(〈金陵郡齋〉)

仄平

祇向貧家促機杼，幾家能有一鉤絲。(〈促織〉)

仄平

百囀黃鸝看不見，無數海棠出牆頭。(〈獨臥〉二首其一)

仄平

小雨初晴好天氣，晚花殘照野人家。(〈初晴〉)

仄平

投老難堪與公別，倚崗從此望回轅。(〈送黃吉甫入京題清涼寺壁〉)

仄平

但怪傳呼殺風景，豈知禪客夜相投。(〈戲示蔣穎叔〉)

其實，七言不過於五言上面加平平或仄仄。如上這種拗救情形，與前文所舉五絕如〈聊行〉、〈江上〉等可歸為一類。

平　仄　平（韻）　　仄　平　仄（韻）
茅簷長掃靜無苔，花木成畦手自栽。

仄仄平仄　　平平仄平（韻）
一水護田將綠遶，兩山排闥送青來。(〈書湖陰先生壁〉二首其一)

七律出句「仄仄平平平仄仄」的調式，第三字平聲換仄，宜於落句第三字用平聲諧轉。此首護字宜平而用仄，故於次句第三字用平聲排字。王安石詩中這種調式應用最廣。茲再舉數聯，以資參驗。

仄　　　　　　平
池暖水香魚出處，一漚清浪湧亭皋。(〈春雨〉)

仄　　　　　　平
晴日暖風生麥氣，綠陰幽草勝花時。(〈初夏即事〉)

仄　　　　　　平
聖世選才終用賦，白頭來此試諸生。(〈試院五絕〉第一首)

仄　　　　　　平
各據橫梧同不寐，偶然聞雨落階除。(〈示公佐〉)

仄　　　　　　平
春色惱人眠不得，月移花影上闌干。(〈夜直〉)

仄　　　　　　平
黃鳥數聲殘午夢，尚疑身在半山園。(〈書湖陰先生壁〉二首其二)

仄　　　　　　平
身世自知還自笑，悠悠三十九年非。(〈省中〉二首其一)

仄　　　　　　平
政似美人初醉著，強抬青鏡欲妝傭。(〈木芙蓉〉)

仄起入韻

仄　平　仄（韻）　　平　仄　平（韻）
百戰疲勞壯士哀，中原一敗勢難迴。

平　仄　平　　　仄　平　平（韻）
江東子弟今雖在，肯為君王卷土來。(〈烏江亭〉)

仄　平　仄（韻）　　平　仄　平（韻）
爆竹聲中一歲除，春風送暖入屠蘇。

平　仄　平　　　仄　平　平（韻）
千門萬戶曈曈日，總把新桃換舊符。(〈元日〉)

按譜七絕仄起入韻的聲調各句作「仄仄平平仄仄平」、「平平仄仄仄平

平」、「平平仄仄平平仄」、「仄仄平平仄仄平」。〈元日〉與〈烏江亭〉二首聲調，完全律化的平仄，也沒有失黏失對，是標準的仄起入韻調式。〈烏江亭〉一首悽傷，令人低迴；〈元日〉一首卻瀰漫著除舊佈新歡欣的氣氛。

平　仄　平　仄（韻）　　平　仄　平（韻）
沈魄浮魂不可招，遺編一讀想風標。
平　仄　平　　　仄　平　仄（韻）
何妨舉世嫌迂闊，故有斯人慰寂寥。（〈孟子〉）

〈孟子〉一首黏對悉合。除首句第一個字沉宜仄而作平外，其餘二十七個字俱與聲調譜吻合。然而七律各句首字平仄通常可不論，故依然合律。此詩音節顯得特別高響瀏亮，一方面平仄諧調，再方面與用韻也有關。

仄　平　仄（韻）　　平　仄　平（韻）
澗水無聲遶竹流，竹西花草弄春柔。
平　　仄仄平　　　　仄仄平平仄（韻）
茅簷相對坐終日，一鳥不鳴山更幽。（〈鍾山即事〉）

此首黏對完全合適。第二三句第三字花、相用平可通融。第三句第五字坐宜平而用仄、末句第三字不宜平而作仄、末句第五字山宜仄而作平，似乎違律。然而七律起句「平平仄仄平平仄」的調式，如第五字宜平而用仄，於對句「仄仄平平平仄仄」的第五字改平聲可救轉，而成「仄仄平平平仄平」。如韋應物〈滁州西澗〉：「春潮帶雨晚來急，野渡無人舟自橫。」李白〈送孟浩然之廣陵〉：「孤帆遠影碧空盡，惟見長江天際流。」此首「茅簷相對坐終日，一鳥不鳴山更幽。」坐字換仄，故於落句用平聲山字調諧。同時平聲山字又可救本句第三字不，避免孤平落調。如此類精微之處，王安石從不輕易放過。下面〈離昇州作〉亦同：

仄　平　仄（韻）　　平　仄　平（韻）
殘菊冥冥風更吹，雨如梅子欲黃時。
平　　仄仄平　　　　仄仄平平仄（韻）
相看握手總無語，愁滿眼前心自知。（〈離昇州作〉）

黏對悉合，首句第五字用平聲風，次句第三字用平聲梅，均可通融。

按譜第三句第五字宜平而用仄聲總，故於落句第五字用平聲心字救之。第四句「仄仄平平仄仄平」的聲調，照例第三字應用平聲，以避孤平，不得已必用仄聲，於當句第五字用平聲自救。「愁滿眼前心自知」第三字眼宜平而用仄，第五字用平聲心救之，依然合律。故心字既救出句，也是當句自救。

> 仄仄平平仄（韻）　　平　仄　平（韻）
> 終日看山不厭山，買山終待老山間。
> 平　仄　平　　平　平　平（韻）
> 山花落盡山長在，山水空流山自閑。（〈遊鍾山〉）

七律「仄仄平平仄仄平」的調式，設在落句，第三字拗而不救，即犯孤平，必須當句第五字救之。設在出句，則可通融。「終日看山不厭山」第三字用仄聲看字，可以通融，但王安石第五字仍用平聲救之。其餘各句音節極諧暢。

> 仄　平
> 木落草搖洲渚昏，泊船深閉雨中門。（〈舟過長蘆〉）

此首與〈遊鍾山〉同，是王安石七絕仄起不入韻中僅有的兩個例子，其餘都嚴守第三字必平的規矩。

平起不入韻

> 平　　平　　仄　平　仄（韻）
> 飛來峰上千尋塔，聞說雞鳴見日昇。
> 仄　平　仄　　平　仄　平（韻）
> 不畏浮雲遮望眼，自緣身在最高層。（〈登飛來峰〉）

按譜七絕平起不入韻的聲調，各句作「平平仄仄平平仄」、「仄仄平平仄仄平」、「仄仄平平平仄仄」、「平平仄仄仄平平」。〈登飛來峰〉一首黏對悉合，首句和末句第三字用平，均可通融，仍然協律。第三句聲調平抑，相形落句特別激昂響亮。

> 平　仄　平　　仄　平　仄（韻）
> 春殘葉密花枝少，睡起茶多酒盞疏。
> 仄　平　仄　　平　仄　平（韻）
> 斜倚屏風搔首坐，滿簪華髮一床書。（〈晚春〉）

黏對也完全合適，只有末句第三字宜仄而用平，但可以通融，不爲落調。

平　　仄　　平　　　　　　仄　　平　　仄（韻）
蘇州司業詩名老，樂府皆言妙入神。

仄仄平常仄平仄　　平平平仄仄平（韻）
看似尋常最奇崛，成如容易卻艱辛。(〈題張司業詩〉)

平　　仄　　平　　　　　仄　　平　　仄（韻）
山腰石有千年潤，海眼泉無一日乾。

平仄平平仄平　　　　仄平平仄仄平（韻）
天下蒼生待霖雨，不知龍向此中蟠。(〈龍泉寺石井〉二首其一)

七律出句「仄仄平平平仄仄」的聲調，第六字按譜宜用仄聲，如改用
平聲，則當句第五字應以仄聲救轉。〈題張司業詩〉和〈龍泉寺石井〉
第三句第五六字平仄互換，雖是失黏，依然協律。可參見前〈五更〉
等詩。

平　　仄　　平　　　　　仄　　平　　仄（韻）
穰侯老擅關中事，長恐諸侯客子來。

仄仄平　　仄　　　　平平仄　平（韻）
我亦暮年專一壑，每逢車馬便驚猜。(〈偶書〉)

七律出句「仄仄平平平仄仄」的聲調，第三字宜平而換仄，則於落句
當字用平救之，作「仄平平仄仄平平」。〈偶書〉第三句第三字用仄聲
暮字，對句第三字即換平聲車。茲再舉二例，以資參驗：

　　　　　仄　　　　　　　平
未即此身隨物化，年年長趁此時來。(〈庚申游齊安院〉)

　　　　　仄　　　　　　　　平
他日玉堂揮翰手，芳時同此賦林坰。(〈同陳和叔游齊安院〉)

可參見前〈書湖陰先生壁〉、及〈春雨〉等首。

仄起不入韻

仄　平　仄　　　平　仄　平（韻）
結綺臨春歌舞地，荒蹊狹巷兩三家。

平　　平　仄　　　　仄　平　平（韻）
東風漫漫吹桃李，非復當時仗外花。(〈金陵即事三首〉其二)

按譜七絕仄起不入韻聲調，各句作「仄仄平平平仄仄」、「平平仄仄仄
平平」、「平平仄仄平平仄」、「仄仄平平仄仄平」。此首除第四句非字
用平，其餘二十七字悉與聲調譜吻合，而七律首字平仄可以不論，因
此音節顯得和諧順暢。

仄仄平　仄　　　平平仄　平（韻）
處處定知秋後別，年年常向社前逢。
平　仄平　平　　仄平　仄（韻）
行藏似欲追時節，豈是人間不見容。（〈燕〉）

一二句第三字平仄互換，出落句成「仄仄仄平平仄仄」、「平平平仄仄
平平」，依然協律。參見前〈書湖陰先生壁〉說明。

◎五言律詩

五言律詩也有平起與仄起兩種。以首句不押韻爲定式，首句押韻
爲變格。王安石的五律共一百五十首。其中仄起不入韻七十七首最
多，平起不入韻五十六首其次。仄起入韻十三首，平起入韻四首。清
紀曉嵐：「荊公五律勝七律。」（見《瀛奎律髓刊誤》卷四紀〈批〉）
晚年多參陶、謝、王維，有閑淡幽渺之風致，餘韻不絕，所以勝於七
律。以下就四種聲調的運用及變化情形舉例並加以分析說明：

仄起不入韻

仄　平　　　平　仄（韻）
日下崦嵫外，秋生硴碭間。
平　仄　　　仄　平（韻）
清江無限好，白鳥不勝閑。

雨過雲收嶺，天空月上灣。
平　仄　　　仄　平（韻）
歸鞍侵調角，回首六朝山。（〈江亭晚眺〉）

按譜五律仄起不入韻聲調，各句依序作「仄仄平平仄」、「平平仄仄
平」、「平平平仄仄」、「仄仄仄平平」、「仄仄平平仄」、「平平仄仄平」、
「平平平仄仄」、「仄仄仄平平」。〈江亭晚眺〉一首完全律化的平仄，
黏對也合適，是標準仄起不入韻的聲調。頷聯兩句「清江無限好，白
鳥不勝閑」，語極自然。

仄　平　　　平　仄（韻）
月映林塘澹，風含笑語涼。
仄　平　　　仄　平（韻）
俯窺憐綠淨，小立佇幽香。
平　仄　平　　　平　平（韻）
攜幼尋新菂，扶衰坐野航。

      平 仄 仄 仄   仄 平（韻）
    延緣久未已，歲晚惜流光。（〈歲晚〉）

頷聯出句首字宜平而作仄，頸聯出句首字宜仄而作平，均可通融。末聯第三字久宜平而作仄，仍然合律。因五律出句「平平平仄仄」的調式，第三字用仄聲字，可以不救。如杜甫〈湘夫人廟〉：「蟲書玉佩蘚，燕舞翠惟塵。」「蒼根恨不盡，淚染向叢筠。」常建〈題破山寺後禪院〉：「清晨入古寺，初日照高林。」皆是。又

        仄 仄 仄
    床敷每小息，杖屨亦幽尋。（〈半山春晚即事〉）

        仄 仄 仄
    江寒亦未已，好好著春衣。（〈寄純甫〉）

二例皆同。可參看五絕〈題齊安驛〉。
      仄 平   平 仄（韻）
    徑暖草如積，山晴花更繁。
    平 平 仄 平 仄   仄 平（韻）
    縱橫一川水，高下數家村。
      仄 平   平 仄（韻）
    靜憩雞鳴午，荒尋犬吠昏。
    平 平 仄 平 仄   仄 平（韻）
    歸來向人說，疑是武陵源。（〈徑暖〉）

頷聯川字、及末聯人字都失黏。但凡五律出句「平平平仄仄」的聲調，第四字應仄而拗平，於當句第三字用仄，可以救轉。如馬戴〈落日悵望詩〉：「孤雲與歸鳥，千里片時間。」「微陽下喬木，遠燒入秋山。」首聯頸聯的出句皆是。故〈徑暖〉一川、向人，上下字平仄互換，不為落調。又如：

      仄 平
    長為異鄉客，每憶故時人。（〈送鄧監簿南歸〉）

       仄 平
    濠梁送歸處，握手但悲辛。（〈送鄧監簿南歸〉）

      仄 平
    黃花一杯酒，思與故人持。（〈招丁元珍〉）

可參見前五絕〈秣陵道中口占〉。
    仄 仄 仄 仄 仄 平 平 平 仄（韻）
    默默不自得，紛紛何所為。

　平　仄　　　　仄　平（韻）
畫塍聊取食，獵較久隨時。

　　仄　　　　仄　平（韻）
秋入江湖暗，風生草樹悲。

　平仄平　　　仄　平（韻）
黃花一杯酒，思與故人持。（〈招丁元珍〉）

按譜首句第四字宜用平聲方爲合律，但凡五律出句「仄仄平仄仄」的
聲調，照例可作成「仄仄仄仄仄」，或「仄仄平仄仄」、「平仄仄仄仄」，
只須在對句「平平仄仄平」第三字仄聲換平來救轉。如周朴〈董嶺水〉：
　　仄仄平仄仄　　平平平仄平
「禹力不到處，江聲流向西。」杜甫〈孤雁〉：「孤雁不飲啄，飛鳴聲
仄平
念群。」崔塗〈除夜有感〉：「漸與骨肉遠，轉於童僕親。」趙秋谷《聲
調譜》又謂律詩凡五仄句中，須有入聲字，如無一入聲字在內，依然
無調。〈招丁元珍〉首聯即符合此一規則，仍然協律。末聯第四字杯
用平聲失黏，第三字用仄聲一字諧轉，音節仍諧，見前。

　仄仄仄平仄　　平平平仄（韻）
客思似楊柳，春風千萬條。

　　平　　仄　　　仄　平（韻）
更傾寒食淚，欲漲冶城潮。

　平仄仄平仄　　　仄　平（韻）
巾髮雪爭出，鏡顏朱早凋。

　　平　　仄　　　仄　平（韻）
未知軒冕樂，但欲老漁樵。（〈壬辰寒食〉）

五律出句「仄仄平平仄」的調式，第三字宜平而用仄，必於對句同字
用平聲救轉，成「平平平仄平」。並且，對句第一字必不得已用仄聲，
第三字用平還有避本句孤平的作用。〈壬辰寒食〉首聯及頸聯出句第
三字用仄聲似字、雪字，落句用平聲千字、朱字救之，音節仍諧。

　仄平平仄　　　仄　平（韻）
河勢浩難測，禹功傳所聞。

　　平仄平　　　　仄　平（韻）
今觀一川破，復以二渠分。

　　仄　平　　　　平　平（韻）
國論終將塞，民嗟亦已勤。

　平仄平　　　　仄　平（韻）
無災等難必，從眾在吾君。（〈河勢〉）

首聯與〈壬辰寒食〉正同。而落句傳字，又救本句禹字。此外，頷聯和末聯出句宜作「平平平仄仄」，因第四字川、難拗平，故於第三字用仄聲一、等相救。王安石偏好使用拗句，卻又守律如此嚴密，不可不知。

仄 平 　　仄 平（韻）
春晚取花去，酬我以清陰。

仄仄平仄仄 　平平平仄（韻）
翳翳陂路靜，交交園屋深。

平平仄仄仄 　　平（韻）
床敷每小息，杖屨亦幽尋。

仄 平 　　平 仄（韻）
惟有北山鳥，經過遺好音。（〈半山春晚即事〉）

此首應是平起不入韻聲調的變化運用。頷聯出句路字失黏，於落句第三字用平聲園字救之，避免落調。頸聯出句第三字宜平而用仄，次句第三字不須換平，仍然合律。因換平則成三平落腳，為古詩聲律特色之一。〈半山春晚即事〉最值得注意的是首聯「春晚取花去，酬我以清陰。」出句第二字晚第四字花均犯律，大概是句子太好，不欲率就聲律而改成之故，自然形成一種高古的韻味。《觀林詩話》：「山谷云，余從半山老人得古詩句法，云：『春晚取花去，酬我以清陰。』」方回《瀛奎律髓》：「半山詩工密圓妥，不事奇險，惟此『春風取花去』之聯，乃出奇也。餘皆淡靜有味。」按：作春晚，與題目相合為是。山谷、方回二人皆有所見，祇是不曾說的明白。清朱庭軫《筱園詩話》卷四解說最精詳：「凡五七律詩，最爭起處。凡起處最宜經營，貴用陡峭之筆，灑然而來，空然湧出，若天外奇峰，壁立千仞，則入手勢便緊健，氣自雄壯，格自高，意自奇，不但取調之響也。起筆得勢，入手即不同人，以下迎刃而解矣。……宋人王半山之『春風取花去，酬我以清陰。』『客思似楊柳，春風千萬條。』……佳處不一，皆高格響調，起句之極有力、最得勢者，可為後學法式。」

平起不入韻

仄平 仄 　平仄平（韻）
此身南北老，愁見問征途。

仄 平 平 仄（韻）
地大蟠三楚，天低入五湖。

仄平 仄 仄 平（韻）
看雲心共遠，步月影同孤。

平仄 平 平 仄（韻）
慷慨秋風起，悲歌不爲鱸。（〈次韻唐公〉三首其三）

按譜五言律詩平起不入韻聲調，各句依序作「平平平仄仄」、「仄仄仄平平」、「仄仄平平仄」、「平平仄仄平」、「平平平仄仄」、「仄仄仄平平」、「仄仄平平仄」、「平平仄仄平」。〈次韻唐公〉一首黏對悉合。五律唯有「平平仄仄平」在落句，第一字必平，其餘各句首字平仄皆可不論，故此、愁、看、慷均不犯律。

平 仄 平仄 平（韻）
支頤橫口語，椎髻曲肱眠。

仄 平 平 仄（韻）
莫問誰賓主，安知汝輩年。

平 仄 平仄 平（韻）
鄰雞生午寂，幽草弄秋妍。

卻憶東窗簟，蠻藤故宛然。（〈示無外〉）

整首除首聯及頸聯落句的第一個字外，其餘三十八字俱與五律平起不入韻聲調吻合。而首聯及頸聯落句第一個字椎、幽平仄皆可通融。

平平仄仄平（韻）
窗明兩不借，榻淨一籧篨。

仄 平 平 仄（韻）
栩栩幽人夢，天天老者居。

平平仄平仄 平（韻）
安能問香積，誰可告華胥。

仄 平 平 仄（韻）
獨飯牆陰轉，看雲坐久如。（〈獨飯〉）

五律出句「平平平仄仄」的聲調，第三字平聲換仄可以不救。此詩第一句第三字兩用仄聲，不爲落調，參見前〈歲晚〉一首。又頸聯香字失黏。但五律出句「平平平仄仄」的調式，設第四字拗平，本句第三字作仄可以救轉。此首頸聯香字問字平仄互換，音調仍然諧和。又如

仄平
中原擅兵革，昔日幾侯王。（〈雙廟〉）

　　　　　　　　　仄　平
　　金陵限南北，形勢豈其然。(〈和子瞻同王勝之遊蔣山〉)

拗救情形與〈徑暖〉相同，可參看。

　　　　　　平仄實有仄　　　仄　平(韻)
　　斯文實有奇，天豈偶生才。

　　　　　仄仄仄仄仄　　　平平仄(韻)
　　一日鳳鳥去，千秋梁木摧。

　　　　　平　　仄　　　　平(韻)
　　煙留衰草恨，風造暮林哀。

　　　　　仄　平　　　　平　仄(韻)
　　豈謂登臨處，飄然獨往來。(〈題雱祠堂〉)

凡五律出句「仄仄平平仄」的聲調，如連用五仄，並在落句第三字用
平聲救之，依然協律。〈題雱祠堂〉頷聯出句即連用五仄，並於對句
第三字用平聲梁字救之，因此鳥字雖失黏，不爲落調。又頷聯出落句
之平仄呈上下句集中式分布，大開大闔，如此古拗句法，令哀悼長子
王雱之詩，益增悽傷哀遠之感。〈雙廟〉作法正同：

　　　　　仄仄仄仄仄　　　平
　　就死得處所，至今猶耿光。(〈雙廟〉)

〈另題雱祠堂〉首聯出句第三字宜平而拗仄，可以不救。茲再舉二例：

　　　　　仄仄仄
　　臺傾鳳久去，城踞虎爭偏。(〈和子瞻同王勝之游蔣山〉)

　　　　　仄仄仄
　　森疏五願木，寒淺一人泉。(〈和子瞻同王勝之游蔣山〉)

與〈獨飯〉起句正同，可參看。

　　　　　平　仄　　　仄　平(韻)
　　漱甘涼病齒，坐曠息煩襟。

　　　　　仄仄平　　　平平仄(韻)
　　因脫水邊屨，就敷床上衾。

　　　　　平　仄　　　仄　平(韻)
　　但留雲對宿，仍值月相尋。

　　　　　仄平　　　　平　仄(韻)
　　眞樂非無寄，悲蟲亦好音。(〈定林院〉)

五律出句「仄仄平平仄」的調式，第三字宜平而作仄，對句同字斷用
平聲諧轉。尤其對句首字必用平聲不得已而改仄時，又可以避本句孤
平落調之弊。〈定林院〉頷聯出句水字拗仄，對句第三字用床救之，

依然合律。

　　落日更清坐，空江無近舟。(〈江上〉二首其一)

　　楚役六千里，陳亡三百年。(〈和子瞻同王勝之游蔣山〉)

與〈定林院〉頷聯出句同。同調可參見前〈壬辰寒食〉及〈河勢〉首聯。

仄起入韻

　　莽莽昔登臨，秋風一散襟。

　　地留孤嶼小，天入五湖深。

　　柑橘無千里，魚蝦有萬金。

　　吾雖輕范蠡，終欲此幽尋。(〈吳江〉)

按譜五律仄起入韻聲調，各句依序作「仄仄仄平平」、「平平仄仄平」、「平平平仄仄」、「仄仄仄平平」、「仄仄平平仄」、「平平仄仄平」、「平平平仄仄」、「仄仄仄平平」。〈吳江〉一首地、天、柑、終諸字悉可不論，其餘三十六字黏對悉合，平仄諧調。

　　促轡數殘更，似聞雞一鳴。

　　春風馬上夢，沙路月中行。

　　笳鼓遠多思，衣裳寒始輕。

　　稍知田父隱，燈火閉柴荊。(〈發館陶〉)

五律落句為「平平仄仄平」的聲調，照例首字不可用仄以避孤平。必不得已用仄，則於當句第三字用平諧轉，始能協律。〈發館陶〉的首聯落句第一個字用仄聲似字，於當句第三字用平聲雞字救之，音節仍諧。此外，出句為「平平平仄仄」的聲調，於第三字換仄，成「平平仄仄仄」，無須救轉。馬字宜平而作仄，不算違律。又出句為「仄仄

「平平仄」的聲調，第三字宜平而作仄，可於對句同字救之。〈發館陶〉
頸聯第三字用仄聲遠字，因於落句同字用平聲寒字。全首平仄合律，
無一字落調。

> 仄仄仄
> 凌霄不屈己，得地本虛心。(〈孤桐〉)

> 仄仄仄
> 扁舟亦在眼，終自懶衣裳。(〈欹眠〉)

二例與〈發館陶〉頷聯正同。並可參看前〈歲晚〉一首

> 仄 平(韻)　　平 仄(韻)
> 越客上荊舠，秋風憶把螯。

> 平 仄　　　仄 平(韻)
> 故煩分巨跪，持用佐清糟。

> 　　　　　平 仄(韻)
> 酒量寬滄海，詩鋒捷孟勞。

> 平仄平　　　　平(韻)
> 甘餐飽觸詠，餘事付鈞陶。(〈吳正仲謫官得故人寄蟹以詩謝之余
> 次其韻〉)

觸字失黏。但凡五律「平平平仄仄」的調式，第四字仄聲拗為平聲，
第三字用仄聲即可救轉。此首尾聯出句觸字飽字平仄互換，依然協
律。

平起入韻

> 平 仄(韻)　　仄 平(韻)
> 柴荊雀有羅，公子數經過。

> 仄 平　　　平 仄(韻)
> 邂逅相逢晚，從容所得多。

> 仄 平 仄　　　仄 平(韻)
> 百憂生暮齒，一笑隔滄波。

> 平 平　　　平(韻)
> 早晚西州路，遙聽下坂坷。(〈送贊善張君西歸〉)

按譜五律平起入韻的聲調，各句依序作「平平仄仄平」、「仄仄仄平
平」、「仄仄平平仄」、「平平仄仄平」、「平平平仄仄」、「仄仄仄平平」、
「仄仄平平仄」、「平平仄仄平」。此首黏對悉合，首聯落句及頸聯出
句第一個字公、百皆可通融，其餘三十八字與聲調譜吻合。

　　　　平　　　仄（韻）仄　平（韻）
　　千山復萬山，行路有無間。
　　　　平　仄蜂遞繞　　平平仄（韻）
　　花發蜂遞繞，果垂猿對攀。
　　　　平　仄　　　　平（韻）
　　獨尋寒水度，欲趁夕陽還。
　　　　仄仄仄仄　　平平仄（韻）
　　天黑月未上，兒童初掩關。（〈北山暮歸示道人〉）

遞字、未字均失黏。但凡五律出句「仄仄平平仄」的調式，如作成「仄
仄仄仄仄」，或「仄仄平仄仄」、「平仄仄仄仄」，而於對句第三字用平
聲救之，依然協律。此詩頷聯頸聯即符合此種拗救的原則。可參見前
〈招丁元珍〉等。

◎七言律詩

　　七言律詩有平起和仄起兩種，以首句入韻爲定式，首句不入韻爲
變格。王安石共三百九十七首七言律詩中，以平起入韻佔最多數，有
二百零八首。仄起入韻其次，有一百六十九首。平起不入韻有十三首，
仄起不入韻有七首。梁啓超：「荊公七律，多學少陵晚年之作，後比
山谷更遵此道而極其妙，遂爲江西之宗。」茲有四種聲調的運用及變
化情形舉例並說明如左：

平起入韻

　　　　平　仄　平（韻）　仄　平　仄（韻）
　　遭時何必問功名，自古難將力命爭。
　　　平　仄　　仄　　平仄　平（韻）
　　萬戶侯多歸世冑，五車書獨負家聲。
　　　平　　平　　　　平（韻）
　　才華汝尚爲丞掾，老懶吾今合釣耕。
　　　仄　　平　　　　平（韻）
　　外物悠悠無得喪，春郊終日待相迎。（〈聞和甫補池掾〉）

按譜七言律詩平起入韻的聲調，各句依序爲「平平仄仄仄平平」、「仄
仄平平仄仄平」、「仄仄平平平仄仄」、「平平仄仄仄平平」、「平平仄仄
平平仄」、「仄仄平平仄仄平」、「仄仄平平平仄仄」、「平平仄仄仄平
平」。此首黏對完全合適。首聯出句及頷聯末聯落句之第三字，按例

平仄可不論，故何字書字終字用平聲均合乎聲律要求。特別值得注意的是頷聯及頸聯，雖用上三下四或上二下五拗折的句法，顯得特別瘦健，然而聲調卻是和諧而又瀏亮的。

平　仄　平（韻）　仄　平　仄（韻）
捫蘿路到半天窮，下視淮洲杳靄中。

仄　平　仄　　平平仄　平（韻）
物外真游來几席，人間榮願付苓通。

平　仄　平（韻）　仄　平　仄（韻）
白雲坐處龍池杳，明月歸時鶴馭空。

仄　平　仄　　平平仄　平（韻）
回首三君誰更似，子房家世有高風。（〈登小茅峰〉）

黏對悉合。各句首字平仄可以不論。頷聯及末聯落句按譜作「平平仄仄仄平平」，第三字宜仄而用平，仍可通融。榮字家字平聲依然協律。

平　仄　平（韻）　仄　平　仄（韻）
飄然羈旅尚無涯，一望西南百歎嗟。

仄仄平　仄　　平平　仄　平（韻）
江擁涕洟流入海，風吹魂夢去還家。

平　仄　平（韻）　仄　平　仄（韻）
平生積慘應銷骨，今日殊鄉又見花。

仄　平　仄　　平平　仄　平（韻）
安得此身如草樹，根株相守盡年華。（〈寄友人〉）

七律落句「仄仄平平仄仄平」的調式，第三字必用平聲，以避免犯孤平；設若不得已而改作仄聲，則於當句第五字用平聲救轉，音調仍諧。如張旭〈桃花谿〉：「桃花盡日隨流水，洞在清谿何處邊。」但出句不在此限。〈寄友人〉頷聯出句第三字用仄聲洟字，尚可通融，但王安石仍於第五字用平聲流字諧轉。另末聯出句第三字用仄聲此字，於對句同字用平聲相字救之，可參見後文〈次韻答陳正叔〉一首說明。

平　仄　平（韻）　仄　平　仄（韻）
簾垂咫尺斷經過，把卷空聞笑話多。

仄仄平　仄　　平平仄　平（韻）
論眾勢難專可否，法嚴人更謹誰何。

平　仄平平　　仄　平仄　平（韻）
文章直使看無類，勳業安能保不磨。

仄　平仄平　　平　仄　平（韻）
疑有高鴻在寥廓，未應回首顧張羅。（〈詳定試卷二首〉其一）

末聯寥字失黏。但凡七律出句「仄仄平平平仄仄」的調式，第六字應
仄拗爲平聲，則當句第五字斷用仄聲諧救。如李義山〈無題〉：「直道
相思了無益，未妨惆悵是清狂。」杜甫〈詠懷古跡〉五首之四：「蜀
主窺吳幸三峽，崩年亦在永安宮。」〈詳定試卷〉末聯出句在字寥字
平仄互換亦同。可參見前七絕〈五更〉。凡七律出句「平平仄仄平平
仄」的聲調，第五字應平而拗爲仄，必於對句「仄仄平平仄仄平」第
五字仄聲換平救之。〈詳定試卷〉頷聯爲詩中名言。其中看字有平仄
二讀。如作仄聲讀，則對句第五字保字用仄，落調。作平聲讀爲是。
另七律出句「仄仄平平平仄仄」的調式，第三字宜平而換仄，於對句
同字多用平聲。見前七絕〈書湖陰先生壁〉。〈詳定試卷〉頷聯「論眾
勢難專可否，法嚴人更謹誰何。」作法相同。出句勢字宜平而用仄，
落句同字宜仄而換平。值得注意的是兩句都用上二下五的拗折句法，
益彰其奇峭不凡的風格。

　　　青衫憔悴北歸來，鬢有霜根面有埃。

　　　群吠我方驚猘子，一鳴誰更識龍媒。

　　　功名落落難求值，日月沄沄去不回。

　　　勝事與身何等近，酒尊詩卷數須開。（〈次韻答陳正叔二首〉其一）

頷聯與末聯的句調與〈詳定試卷〉頷聯正同。而頷聯更是用上二下五
的硬句，目的無非是在強調詩意，出奇制勝。茲再舉數例，以資參驗。
並有以見王安石偏愛用此種聲調。

　　　江月轉空爲白晝，嶺雲分暝與黃昏。（〈登寶公塔〉）

　　　當此不知誰主客，道人忘我我忘言。（〈登寶公塔〉）

　　　天子坐籌星兩兩，將軍歸佩印累累。（〈次韻王禹玉平戎慶捷〉）

　　　江漢一篇猶未美，周宣方事伐淮夷。（〈次韻王禹玉平戎慶捷〉）

此外，還有〈紙閣〉、〈全椒張公有詩在北山西庵僧者壞之悵然〉、〈次韻元厚之平戎慶捷〉、〈思王逢原〉三首、〈落星寺〉、〈寄友人〉、〈寄闕下諸父兄兼示平甫兄弟〉、〈次韻吳季野再見寄〉、〈次韻平甫贈三靈程惟象〉、〈寄張氏女弟〉、〈酬吳季野見寄〉、〈寄王回深甫〉、〈舒州七月十七日雨〉等，頷聯與末聯均同用此調。也有極少數例外，拗而不救：

> 仄　　　　仄
> 已覺省煩非仲叔，安能養志似曾參。（〈初去臨川〉）

> 仄　　　　仄
> 挾策讀書空有得，求田問舍轉無成。（〈寄吉甫〉）

> 仄　　　　仄
> 勝踐肯論山在險，冥搜欲與海爭深。（〈平甫遊金山同大覺見寄相見後次韻三首〉其一）

仄起入韻

> 仄　平　仄（韻）　平　仄　平（韻）
> 淺淺池塘短短牆，年年爲爾惜流芳。

> 平　仄　平　　仄　平　仄（韻）
> 向人自有無言意，傾國天教抵死香。

> 仄　平　仄　　平　仄　平（韻）
> 鬚裊黃金危欲墮，蔕團紅蠟巧能裝。

> 平　仄　平　　仄　平　仄（韻）
> 嬋娟一種如冰雪，依倚春風笑野棠。（〈與微之同賦梅花得香字三首〉其三）

按譜七言律詩仄起入韻的聲調，各句依序作「仄仄平平仄仄平」、「平平仄仄仄平平」、「平平仄仄平平仄」、「仄仄平平仄仄平」、「仄仄平平平仄仄」、「平平仄仄仄平平」、「平平仄仄平平仄」、「仄仄平平仄仄平」。七律首字平仄均可不論。此首除向、傾、鬚、蔕四字，其餘五十二字與聲調譜完全吻合。

> 仄　平　仄（韻）　平　仄　平（韻）
> 點也自殊由與求，既成春服更何憂。

> 平　仄仄平　　仄　平平仄（韻）
> 拙於人合且天合，靜與道謀非食謀。

未愛京師傳谷口，但知鄉里勝壺頭。

嗟予老矣無一事，復得此君相與游。(〈次韻酬朱昌叔五首〉其一)

此首黏對悉合，末聯落句第三個字此應平而作仄，及頷聯出句第五字且應平而作仄，似乎出律。但凡七律落句「仄仄平平仄仄平」的調式，第三字必不得已拗仄，當於本句第五字用平聲救之，成「仄仄仄平平仄平」，即可避免孤平落調之弊。故尾聯落句第三字用仄聲此、第五字用平聲相，仍然協律。同樣的調式，同樣的情形，若發生在出句，則可以通融。但王安石往往還是謹守規則，絲毫也不馬虎。如首聯出句第三字用仄聲自，第五字仍然換平聲由字。此外，七律出句「平平仄仄平平仄」的調式，如第五字拗仄，應於對句同字換平相救。如杜甫〈題省中院壁〉：「腐儒衰晚謬通籍，退食遲回違寸心。」賀知章〈回鄉偶書〉：「兒童相見不相識，笑問客從何處來。」〈次韻酬朱昌叔〉頷聯出句第五字用仄聲且字，遂於落句同字用平聲諧救。王安石詩律之精密周到由此可見。

缺月昏昏漏未央，一燈明滅照秋床。

病身最覺風露早，歸夢不知山水長。

坐感歲時歌慷慨，起看天地色淒涼。

鳴蟬更亂行人耳，正抱疏桐葉半黃。(〈葛溪驛〉)

頷聯出句第六字露失黏。但凡七律出句「平平仄仄平平仄」的聲調，第六字拗用仄聲，落句「仄仄平平仄仄平」之第五字應依調作平聲。如杜甫「明光起草人所羨，肺病幾時朝日邊」已有此例，王安石〈葛溪驛〉頷聯仿之，出句第六字用仄聲露字，對句第五字用平聲山字。其後江西諸子，也擅用此調，如黃山谷：「蜂房各自開戶牖，蟻穴或夢封侯王。」「舞陽去葉纔百里，賤子與公俱少年。」曾幾：「呼兒靜掃黃葉徑，告與此君真快哉。」陳與義：「平生正出元子下，此去還經思曠傍。」至元遺山更加以發皇，皆有意拗折音律而為之。茲再舉

二例，以資參驗。

　　無心使口肝使目，有幹作身根平頭。（〈次韻致遠木人洲二首〉其二）

　　穿梅入柳曾莫逆，度嶺緣岡初不謀。（〈次韻酬朱昌叔五首〉其四）

這種調式在王安集中雖不多見，卻在宋代早已先黃山谷等人而用之。可參見前五絕〈蒲葉〉一首。

　　盤互長干有絕陘，並包佳麗入江亭。
　　新霜浦潊綿綿白，薄晚林巒往往青。
　　南上欲窮牛渚怪，北尋難忘草堂靈。
　　篔輿卻走垂楊陌，已載寒雲一兩星。（〈雨花臺〉）

黏對悉合，唯頸聯出句第三字宜平而用仄，似乎違律。但凡七律出句「仄仄平平平仄仄」的聲調，第三字用仄，宜於對句同字用平聲救之。〈雨花臺〉頸聯欲字、難字即符合此一規則。這種調式散見於集中，相當普遍，茲再舉數例如下：

　　糟粕所傳非粹美，丹青難寫是精神。（〈讀史〉）

　　意氣未宜輕感慨，文章猶忌數悲哀。（〈李璋下第〉）

　　樹外鳥鳴催晚種，花間人語趁朝墟。（〈次韻吳彥珍見寄〉二首）

　　日借嫩黃初著柳，雨催新綠稍歸田。（〈春風〉）

　　勢合便疑包地盡，功成終欲放春回。（〈次韻和甫詠雪〉）

　　高論幾為衰俗廢，壯懷難值故人傾。（〈寄曾子固〉）

但也有少數例外：

　　細甚客卿因筆墨，卑於《爾雅》注魚蟲。（〈詳定試卷二首〉其二）

荒埭暗雞催月曉，空場老雉挾春驕。(〈自金陵至丹陽道中有感〉)

可與前〈次韻答陳正叔〉同看。

平起不入韻

青丘神父能爲政，碧落仙翁好作詩。

舊事齊兒應共記，新篇楚老得先知。

懷磚大峴如迎日，供帳闍門憶去時。

若與鴟夷鬥百草，錦囊佳麗敵西施。(〈公闢枉道見過獲聞新詩因敘歎仰〉)

按譜七言律詩平起不入韻的聲調，各句依序作「平平仄仄平平仄」、「仄仄平平仄仄平」、「仄仄平平平仄仄」、「平平仄仄仄平平」、「平平仄仄平平仄」、「仄仄平平仄仄平」、「仄仄平平平仄仄」、「平平仄仄仄平平」。七律出句「仄仄平平平仄仄」的聲調，第五字依調作平而拗仄，形成三仄落腳，按例可以不救。如王維〈和賈舍人早期大明宮之作〉：「朝罷須裁五色錦，佩聲歸到鳳池頭。」梅聖俞：「今我還朝固不遠，紫宸已夢瞻珠旒。」王安石「若與鴟夷鬥百草」句，第五字用仄聲鬥字，仍合音節。參見前五絕〈題齊安驛〉一首。

少年攸忽不再得，後日歡娛能幾何。

顧我面顏衰更早，憐君身世病還多。

窗間暗淡月含霧，船底飄颻風送波。

一寸古心俱未試，相思中夜起悲歌。(〈寄王回深父〉)

七律出句「平平仄仄平平仄」的聲調，第五六兩字宜平而仄爲拗，必於對句「仄仄平平仄仄平」第五字拗平，才可救轉。如杜牧〈江南春絕句〉：「南朝四百八十寺，多少樓臺煙雨中。」蘇舜欽〈夏意〉：「樹陰滿地日卓午，夢覺流鶯時一聲。」宋人集中甚多。〈寄王回

深父〉首聯出句第五六字用仄聲不再二字，於對句第五字用平聲能字諧救，亦同。另七律出句「平平仄仄平平仄」的調式，第五字宜平而換仄，成「平平仄仄仄平仄」，必於對句第五字改平聲救轉。〈寄王回深父〉頸聯二句第五字月為仄聲，對句風為平聲，即符合此一規則。另七律「仄仄平平平仄仄」的聲調，第三字宜平而用仄，於對句第三字換平，可以救之。此詩頸聯與尾聯出落句第三字平仄互換，即用此例。〈寄王回深父〉由於多用拗句，節奏自然跳動，劉辰翁：「知己情懷，語言不待勉強，讀之如林谷風聲，悲憤滿聽，所謂天然。」極有見地。頸聯尾聯第三字平仄互換之例常見，茲再舉數例如左：

> ^仄　　　^平
> 惟有到家寒食在，春風同泛瀬溪船。（〈除夜寄舍弟〉）
> ^仄　　　^平
> 淅瀝未生羅豆水，蒼茫空失皖公山。（〈舒州七月十七日雨〉）
> ^仄　　　^平
> 巫祝萬端曾不救，祇疑天賜雨工閑。（〈舒州七月十七日雨〉）

仄起不入韻

> ^{仄　平仄仄仄}　　^{平　仄仄平（韻）}
> 竭節初悲力不勝，賜環終愧繆恩臨。
> ^{平　仄　平}　　^{平　仄（韻）}
> 病來氣弱歸宜早，偷取官多責恐深。
> ^{仄仄平　仄}　　^{平平仄　平（韻）}
> 膏澤未施空謗怒，瘡痍猶在豈謳吟。
> ^{平　仄　平}　　^{平　仄（韻）}
> 黃昏信馬江城路，欲訪何人話此心。（〈次韻張唐公馬上〉）

按譜七言律詩仄起不入韻聲調，各句依序為「仄仄平平平仄仄」、「平平仄仄仄平平」、「平平仄仄平平仄」、「仄仄平平仄仄平」、「仄仄平平平仄仄」、「平平仄仄仄平平」、「平平仄仄平平仄」、「仄仄平平仄仄平」。七律出句「仄仄平平平仄仄」的調式，第五字宜平而用仄，可以不救；否則對句形成三平落腳，為古風之特色。此首首聯出句第五字用仄聲力字，依然合律。另頸聯出句第三字與落句同字平仄互換，與〈寄王回深父〉頷聯尾聯正同。

仄　　　　　　　　　　平
　　天末海門橫北固，煙中沙岸似西興。(〈次韻平甫金山會宿寄親友〉)

仄　　　　　　　　　　平
　　山月轉空爲白晝，嶺雲分暝與黃昏。(〈次韻平甫金山會宿寄親友〉)

仄　　　　　　　　　　平
　　一歲已闌人意倦，出門風物更蕭然。(〈得孫正之詩因寄呈曾子固〉)

拗救的情形與「膏澤未施空謗怒」聯相同。

　　王安石的絕句律詩，不僅在文字的組織上，嘗試使用拗折的句式及倒裝的語法，來改變尋常的平衍的句法及節奏；即使聲調上也頻頻運用拗的聲調，藉以形成較爲健峭跌宕的風格，以救詩之淺滑。尤其是七律。前文不憚其煩將絕句律詩各體加以舉例分析，即欲說明這種特殊現象。但是，拗而每亦救之，絕少有違律形成落調的例子。張師夢機《近體詩發凡》第六章〈論拗句與救法〉對拗句的音響效果有精關之說明：「律絕五七言平仄有拗用者，或因拗而轉諧，或反諧以取勢，蓋一經拗折，詞格愈顯嶙峋，氣宇愈覺傲兀，神清骨峻，韻高格古。所謂金石未作，鐘磬聲和，渾然有律呂外意也。杜工部七律常有此體，而黃山谷尤喜用之。其善者能爲變宮變徵之音，讀之有泠然之調，咀之有餘甘之味。但吐茹之間，自有定法，其平仄非可隨意換易；如未解此，而輕言一三五不論者，必動成牴牾，翻成墮甑碎瓦之響矣。是故詩中一用拗字，往往愈有神出鬼沒之妙，而詩格益增拗峭。其法於當下平字處，以仄字易之，蓋欲其氣挺然不群也。」研究王安石詩的句調，除了可以明瞭他創作的歷程及用心，如何將內心的情感意念，透過外在的文字聲調媒介的高度融合而傳達出來；如何形成兼具了個人及其時代的風格，並臻於藝術上一種美的境界——包括雄健的與秀美的。另一層重要的意義是，他早年精研杜詩，深得老杜句法，固已先江西黃庭堅而大量運用相對於勻整和諧而較爲峻峭的古拗句法。其詩律精微細緻之處，直不讓黃庭堅。這點是本文所要指出的。梁啓超《王荊公》「荊公逋峭謹嚴，予學者以模範之跡，又似比東坡有一日之長。山谷爲江西派之祖，其特色在拗硬深窈，生氣遠出，然

－241－

此體實開自荊公，山谷則盡其所長而光大之耳，祖山谷者必當以荊公
爲祖之所自出。以此言之，則雖謂荊公開宋詩一代風氣，亦不爲過。」
王安石的古風及七言律詩以峻峭勁健的作風率先領袖詩壇，實肇江西
先路；又在晚年逆轉三唐，以五言律詩及五七絕小詩，樹立其清新婉
麗的風格，成就非凡。然而前人論宋詩，多眉山、江西二宗並舉，往
往忽略了臨川，這對王安石是相當不公平的。

（二）押　韻

絕句與律詩押韻的情形有兩種，一是首句入韻，一是首句不入
韻。通常以押平聲韻一韻到底爲原則。平聲的特色是平穩而悠長。王
易《詞曲史》：「平韻和暢，上去韻纏綿，入韻迫切，此四聲之別也。」
又曰：「東董寬洪，江講爽朗，支紙縝密，魚語幽咽，佳蟹開展，眞
軫凝重，元阮清新，蕭篠飄灑，歌哿端莊，麻馬放縱，庚梗振厲，尤
有盤旋，侵寢沈靜，覃感蕭瑟，屋沃突兀，覺藥活潑，質術急驟，勿
月跳脫，合盍頓落，此韻部之別也。此雖未必定切，然韻切者情亦相
近，其大較可審辨得之。」可以參看。下面就王安石律詩用韻的情形
加以分析說明：

◎五言絕句　六言絕句

王安石的五絕及六絕，在押韻方面，幾乎首首謹遵唐人的規矩。
首句入韻與不入韻兩種，姑各舉一二首爲例，以見其餘。

一韻到底

（支）
簷日陰陰轉，床風細細吹。
（支）
翛然殘午夢，何許一黃鸝。（〈午睡〉）
（東）
芳草知誰種，緣階已數叢。
（東）
無心與時競，何苦綠匆匆。（〈芳草〉）
（覃）
柳葉鳴蜩綠暗，荷花落日紅酣。

三十六陂春水，白頭想見江南。（〈題西太一宮壁二首〉其一）
^{（覃）}

以上爲首句不入韻的例子。韻腳分別押平聲支韻、東韻及覃韻。支東屬寬韻，覃屬窄韻。

西崦水泠泠，沿岡有涔亭。^{（青）（青）}

自從春草長，遙見祇青青。（〈涔亭〉）^{（青）}

牆角數枝梅，凌寒獨自開。^{（灰）（灰）}

遙知不是雪，爲有暗香來。（〈梅花〉）^{（灰）}

以上爲首句入韻的例子。韻腳分別押平聲青韻及灰韻。灰韻爲寬韻，青韻爲窄韻。

新春十日雨，雨晴門始開。^{（灰）}

靜看蒼苔紋，莫上人衣來。（〈春晴〉）^{平（灰）}

這是例外情形。按例，平起不入韻的五絕，前後聯落句句腳必須押韻。如開字、來字押平聲灰韻。但前後聯出句句腳應作仄聲。此詩後聯出句句腳紋字爲平，是王安石五絕中僅有之特例，這是有意作拗體之故。可參見前句調一節。

襯　韻

黃雀有頭顱，長行萬里餘。^{（虞）（魚）}

想因君出守，暫得免包苴。（〈送望之赴臨江〉）^{（魚）}

這是王安石五絕唯一襯韻的例子。錢大昕《十駕齋養新錄》：「五七言近體第一句借用旁韻，謂之借韻。」王力《詩詞曲作法欣賞研究》：「首句雖入韻而不同韻，只可謂之襯韻。」此首押魚韻餘字苴字，首句句腳借用鄰韻虞韻的顱字。這因詠黃雀，使袁尚之事，「君頭顱方行萬里」，別無它字可替代之故。

　　王安石五絕押寬韻，如支、先、陽、庚、尤、東、眞、虞、元、

寒、魚、侵、多、灰、齊、歌、麻、豪等，約九成以上。而窄韻，如微、文、刪、青、蒸、鹽、江、佳、肴、咸等，尚不足一成。

◎七言絕句

一韻到底

　　王安石一韻到底的七絕共有四百七十一首。首句入韻及不入韻各舉二首為例：

　　　　杖藜緣塹復穿橋，誰與高秋共寂寥。（蕭）（蕭）

　　　　佇立東崗一搔首，冷雲衰草暮迢迢。（蕭）（〈寄蔡天啟〉）

　　　　午枕花前簟欲流，日催紅影上簾鉤。（尤）（尤）

　　　　窺人鳥喚悠颺夢，隔水山供宛轉愁。（尤）（〈午枕〉）

以上為首句入韻的例子，韻腳分別為平聲蕭韻及尤韻。蕭韻尤韻均屬較寬的韻。

　　　　春殘葉密花枝少，睡起茶多酒盞疏。（魚）

　　　　斜倚屏風搔首坐，滿簪華髮一床書。（魚）（〈晚春〉）

　　　　飛來山上千尋塔，聞說雞鳴見日昇。（蒸）

　　　　不畏浮雲遮望眼，自緣身在最高層。（蒸）（〈登飛來峰〉）

以上為首句不入韻的例子。分別押平聲魚韻與蒸韻。魚為寬韻，蒸為窄韻。

　　　　寒光乍洗山川瑩，清影遙分草樹纖。（鹽）

　　　　萬里更無雲物動，中天祇有兔隨蟾。（鹽）（〈詠月三首〉其一）

　　　　江海清明上下兼，碧天遙見一毫纖。（鹽）（鹽）

　　　　此時只欲浮雲盡，窟穴何妨有兔蟾。（鹽）（其二）

一片清光萬里兼（鹽），幾回圓極又纖纖（鹽）。

君看出沒非無意，豈爲辛勤養玉蟾（鹽）。（其三）

〈詠月〉三首是和自己韻的例子。無論所用的韻部韻腳都大同小異，只有第一首起句句腳與第二第三首略有不同。鹽屬窄韻。

襯　韻

襯韻，據王力《詩詞曲作法欣賞研究》：「盛唐以前此例甚少，中晚唐漸多，」「宋人的首句用鄰韻似乎是有意的，幾乎可說是一種時髦，越來越多了。」從王安石七絕首句用鄰韻的情形，可以看出這種普遍性。王安石七絕襯韻的例子共有三十七首，估計佔七絕的一成不到。其中以虞襯魚最多，有六首，以魚襯虞五首，以冬襯東四首，以支襯微四首，以東襯冬三首，以齊襯支二首，以文襯眞二首，以元襯文二首，其餘以微襯支、以齊襯微、以文襯元、以眞襯侵、以元襯先、以先襯刪、以庚襯蒸、以庚襯青、以青襯庚各一首。並不限窄韻才借用旁韻。以下姑舉二首爲例：

野水縱橫漱屋除（魚），午窗殘夢鳥相呼（虞）。

春風日日吹香草，北山北南路欲無（虞）。（〈悟真院〉）

偶向松間覓舊題（齊），野人休誦北山移（支）。

丈夫出處非無意，猿鶴從來自不知（支）。（〈松間〉）

分別爲以魚襯虞和以齊襯支的情形。另有六首通韻的例外：

日西江口落征帆（咸），卻望城樓淚滿衫（咸）。

從此夢歸無別路，破頭山北北山南（覃）。（〈江寧夾口二首〉其二）

一抹明霞黯淡紅（東），瓦溝已見雪花融（東）。

前山未放曉寒散，猶鎖白雲三兩峰（冬）。（〈初晴〉）

另有〈江東召歸〉及〈臨吳亭〉二首。通常襯韻是發生在首句句腳，而這四首是發生在末句句腳，仍不出鄰韻的範圍。東多屬寬韻，咸覃則為窄韻險韻。

西山映水碧潭潭^(覃)，楚老長謠淚滿衫^(咸)。

但道使君留不得，那知肯更憶江南^(覃)。（〈西山〉）

波瀾蕩沃乾坤大，氣象包藏水石閒^(刪)。

祇有此中宜曠望，誰令天作海門山^(先)。（〈金山寺二首〉其二）

二首為刪先或咸覃通押的例子。王安石七絕通韻，應是有意嘗試稍為比較自由的創作方式。

七絕押寬韻約有八成五，其餘多押窄韻。只有兩首押險韻佳韻。

◎五言律詩

一韻到底

王安石一韻到底的五律有一百四十四首，佔絕大多數。首句入韻與不入韻也各舉二首為例：

日央林塘澹，風含笑語涼^(陽)。

俯窺憐綠淨，小立佇幽香^(陽)。

攜幼尋新菂，扶衰坐野航^(陽)。

延緣久未已，歲晚惜流光^(陽)。（〈歲晚〉）

徑暖草如積，山晴花更繁^(元)。

縱橫一川水，高下數家村^(元)。

靜憩雞鳴午，荒尋犬吠昏^(元)。

歸來向人說，疑是武陵源^(元)。（〈徑暖〉）

以上為首句不入韻之例。分別押平聲陽韻和元韻。均屬寬韻。〈徑暖〉
一首，據《王直方詩話》：「東坡嘗為余書荊公詩云：『徑暖草如積，
山晴花更繁。縱橫一川水，高下數家村。靜憩雞鳴午，荒尋犬吠昏。
歸來向人說，疑是武陵源。』坡云：『武陵源不甚好。』又云：『也是
此韻中別無韻也。』」

　　另〈送鄆州知府宋諫議〉為長二十韻的排律，押鹽韻瞻、潛、廉、
籤、霑、砭、炎、鈐、恬、黔、斂、兼、詹、漸、嚴、綅、添、襜、
占、鹽等，均較險僻之字。其中「進律朝章舊，疏恩物議斂」句，王
力《詩詞曲作法欣賞研究》：「有一些副詞因為押韻關係放在句末，後
面不能再有所修飾。這是散文的語法裡所不容許的，在詩句裡只有少
數字如『曾』、『皆』、『斂』之類，可以這樣特別通融，大約因為它們
所屬的韻是窄韻或險韻的緣故。例如：『幽尋得此地，詎有一人曾。』
『進律朝章舊，疏恩物議斂。』」

　　　　(庚)　　　　　　(庚)
　　促轡數殘更，似聞雞一鳴。
　　　　　　　　　　(庚)
　　春風馬上夢，沙路月中行。
　　　　　　　　　　(庚)
　　笳鼓遠多思，衣裘寒始輕。
　　　　　　　　　　(庚)
　　稍知田父隱，燈火閉柴荊。(〈發館陶〉)
　　　　(陽)　　　　　　(陽)
　　翠幰卷東崗，欹眠月半床。
　　　　　　　　　　(陽)
　　松聲悲永夜，荷氣馥初涼。
　　　　　　　　　　(陽)
　　清話非無寄，幽期故不忘。
　　　　　　　　　　(陽)
　　扁舟亦在眼，終自懶衣裳。(〈欹眠〉)

以上為首句押韻的變格。分別押平聲庚韻及陽韻。均屬寬韻。

　襯　韻

　　五律襯韻的僅兩首，顯然較七言少了許多。可能是五言近體發展

較早，風格較接近古詩，爲了避免混淆，用韻較爲嚴格；而七言近體發展較遲，爲新近的體裁，沒有五律那層顧慮。在七言近體之中摻用古詩通韻的方式，成爲近體卻含有古意的新嘗試。

因射構茲亭，序賢仍閲兵。（青）（庚）

庶民觀禮教，群寇避威聲。（庚）

城壘前相壯，谿山勢盡傾。（庚）

宜哉百里地，桴鼓未嘗鳴。（庚）（〈射亭〉）

態足萬峰奇，功纔一簣微。（支）（微）

愚公誰助徙，靈鷲卻愁飛。（微）

寶雪藏銀鎧，簷曦散玉輝。（微）

未應頽蟻壤，方此鎭禪扉。（微）

物理有眞僞，僧言無是非。（微）

但知名盡假，不必故山歸。（微）（〈次韻留題僧假山〉）

分別是以支襯微，以青襯庚。微韻尙屬窄韻，而庚韻則爲寬韻。以下三首爲例外的情形：

井逕從蕪漫，青藜亦倦扶。（虞）

百年惟有且，萬事總無如。（魚）

葉置蕉中鹿，驅除屋上烏。（虞）

獨眠窗日午，往往夢華胥。（魚）（〈晝寢〉）

虞和魚交替使用。和古詩通韻情形相似。

寒驢愁石路，余亦倦躋攀。（刪）

不見道人久，突然芳歲殘。_{（寒）}

朝隨雲者出，暮與鳥爭還。_{（刪）}

杳杳青松壁，知公在兩間。_{（刪）}（〈自白門歸望定林有寄〉）

為刪寒通韻的例子。「不見道人久，忽然芳歲殘」，劉辰翁評：「漸近自然。」用韻近似古詩之故。

嘗聞太丘長，德不負公卿。_{（庚）}

墟墓今千載，昆雲亦一城。_{（庚）}

本懷深閉蓄，餘論略施行。_{（庚）}

故自有仁政，能傳家世賢。_{（先）}（〈陳師道宰烏城縣〉）

末句「能傳家世賢」，賢字屬先韻，是近體唯一出韻的例子。王安石五律大約八成五左右用寬韻，其餘窄韻。

◎七言律詩

一韻到底

　　王安石一韻到底的七律有三百五十六首，佔七律的絕大多數。茲就首句入韻與不入韻兩種，各舉二例，以見一斑。

天兵南上此橋江，敵國當時指顧降。_{（江）（江）}

山水雄豪空復在，君王神武自難雙。_{（江）}

留連落日頻回首，想像餘墟獨倚窗。_{（江）}

卻怪夏陽纔一葦，漢家何事費罌缸。_{（江）}（〈金陵懷古四首〉其二）

若木昏昏未有鴉，凍雷深閉阿香車。_{（麻）（麻）}

搏雲忽散箧為屑，剪水如分綴作花。_{（麻）}

擁帚尚憐南北巷，持盃能喜兩三家。_{（麻）}

戲接亂掬輸兒女，善袖龍鍾手獨叉。（〈讀眉山集次韻雪詩五首〉^(麻)
其一）

以上二首爲首句入韻的例子。〈金陵懷古〉共四首，全用平聲江韻。江
韻已屬險韻，且各句韻腳又完全相同，依序爲降、雙、窗、缸四字，
眞是艱險見巧拙的例子。此處僅錄第二首。按王力《詩詞曲作法欣賞
研究》：「出句句腳上去入俱全，這是理想的形式。最低限度也應該避
免鄰近的兩聯出句句腳相同，否則就是上尾。鄰近的兩個出句句腳聲
調相同，是小病；三個相同是大病；如果四個相同，或首句入韻，而
其餘三個出句句腳聲調都相同，就是最嚴重的上尾。這種上尾唐詩裡
並不多見。」「到了宋代，四聲遞用的形式大約已經不爲一般人所知，
於是上尾的毛病甚多。鄰近兩個出句句腳相同的已經不勝枚舉，即以
四個相同、或首句入韻而三個相同者而論，也就不少。」「四聲的遞用
和上尾的避免，應該不能算爲一種詩律。四聲的遞用只能認爲某一些
詩人的作風，上尾的避忌，至多也只能認爲技巧上應注意之點。」這
首〈金陵懷古〉，其出句句腳在、首、葦全爲上聲，就是犯了上尾的毛
病。王安石特別偏愛蘇軾〈雪後書北臺壁〉二首及〈謝人見和前篇〉
二首，以爲能用韻，因而有〈讀眉山集次韻雪詩〉五首，其後又有〈讀
眉山集愛其雪詩能用韻復次韻〉一首，總共是六首。詩中韻腳完全與
蘇詩相同，押麻韻鴉、車、花、家、叉等字。蘇詩有「冰下寒魚漸可
叉。」王安石則有「羔袖龍鍾手獨叉。」均押險字而見工巧的例子。

　　另〈送江寧彭給事赴闕〉一首，爲長三十二韻的排律。除首句句
腳用鹽韻兼字，餘不出覃韻之字，眞所謂「鑿險緄幽」了。

天末海門橫北固，煙中沙岸似西興。^(蒸)

已無船舫猶聞笛，遠有樓臺祇見燈。^(蒸)

山月入松金破碎，江風吹水雪崩騰。^(蒸)

飄然欲作乘桴計，一到扶桑恨未能。（〈次韻平甫金山會宿寄親友〉）^(蒸)

行看野氣來方勇，臥聽秋聲落竟慳。^{（刪）}

浙瀝未能羅豆水，蒼茫空失皖公山。^{（刪）}

火耕又見無遺種，肉食何妨有厚顏。^{（刪）}

巫祝萬端曾不救，祇疑天賜雨工閑。（〈舒州七月十七日雨〉）^{（刪）}

以上二首為首句不入韻的例子。分別押平聲蒸韻及刪韻，均屬窄韻。

襯　韻

　　七律襯韻的情形有三十四首，占七律的一成不到。以虞襯魚、以支襯微、以真襯文各四首。以魚襯虞，以東襯冬，以元襯文各三首。以冬襯東、以微襯支、以支襯齊、以齊襯支、以元襯刪、以元襯真、以先襯真、以寒襯刪、以青襯庚、以蒸襯庚、以覃襯鹽、以鹽襯覃各為一首。並不一定限於「微、文、刪、青、蒸、覃、鹽」等幾個窄韻，或「江、佳、肴、咸」等險韻。下面姑舉二首為例：

王孫舊讀五車書，手把山陽太守符。^{（魚）（虞）}

未駕朱轓辭輦轂，卻分金節住均輸。^{（虞）}

人才自古常難得，時論如君豈久孤。^{（虞）}

去去便看歸奏計，莫嗟行路有崎嶇。（〈送王詹叔利路運判〉）^{（虞）}

溪谷濺濺嫩水通，野田高下綠蒙茸。^{（東）（冬）}

和風滿樹笙簧雜，霽雪兼山粉黛重。^{（冬）}

萬里有家歸尚隔，一廛無地去何從。^{（冬）}

傷春政欲西南望，回首荒城已暮鍾。（〈至開元僧舍上方次韻舍弟〉）^{（冬）}

前首以魚襯虞，後一首以東襯冬，均屬寬韻。

　　另有七首通韻，但也不出鄰韻的範圍。姑舉二首如下：

潮溝直上兩牛鳴^{（庚）}，十畝連漪一草亭^{（庚）}。

委質山林如許國，寄懷魚鳥欲忘形^{（青）}。

紛紛易變浮雲白，落落誰鍾老柏青^{（青）}。

尚有使君同好惡，想隨秋水肯揚舲^{（青）}。（〈招呂望之使君〉）

先生貧敝古人風，緬想柴桑在眼中^{（東）}。

憐愍雞豚非孟子，勤勞禾黍信周公^{（東）}。

深藏組麗三千牘，靜占寬閒五百弓^{（東）}。

處世但令心自可，相知何藉一劉龔^{（冬）}。（〈示德逢〉）

分別爲庚青通韻和東冬通韻之例。至於如〈送王龍圖〉一首，相鄰之元、寒、刪三韻通押，是僅見的例子：

壯志高才偃一藩^{（元）}，更嗟賢路此時難^{（寒）}。

長幡欲動何妨屈，老驥能行豈易閒^{（刪）}。

沙市放船寒月白，渚宮留御古苔斑^{（刪）}。

知公未厭還隨詔，歸看功名重太山^{（刪）}。（〈送王龍圖〉）

七律約八成五押寬韻，一成五押窄韻，窄韻之中有六首屬險韻。

二、古　詩

　　王安石的古詩共四百三十九首，以五言最多，有三百零六首，七言其次，有一百一十四首，六言僅一首，雜言有十八首。吳喬《圍爐詩話》：「介甫……最妙者樂府五言古，七言律次之，七言古又次之，五言律嫌安排，七言律嫌氣盛，而佳篇亦時有之。」王安石之古詩大體上不如近體，而吳喬卻特加讚賞。以下分別就古詩的句調和押韻加以討論。

（一）句　調

　　古風的平仄是以避免入律為原則，如果不能句句避免入律，至少不能讓出句和對句同時入律。但轉韻的七古則可以通融。我們試將王安石的五古、七古和雜言古詩，各舉二三首為例，以見其餘。

◎五　言

仄仄仄平仄　　仄平仄平（月）
蹋月看流水，水明蕩搖月。
仄仄仄平平　　平平仄平（月）
草木巳華滋，山川復清發。
平仄仄平平　　仄仄仄平（月）
褰裳伏檻處，綠淨數毛髮。
平平仄平平　　仄仄平平（月）
誰能挽姮娥，俯濯凌波襪。（〈步月二首〉其二）

這是一首仄韻五古。五古起句以不入韻為原則。首聯全用拗句。次聯出句用律句，對句以拗句救之。第三聯出落句都是拗句。末聯落句用律句，出句以拗句救之。完全合乎古詩聲律的要求。另出句句腳水字、滋字、處字、娥字平仄遞用。據王力《詩詞曲作法欣賞研究》：「仄韻的古風也有新式和仿古的分別。新式的古風一切趨於格律化，對於出句末字的平仄也不能例外。仄韻五古的出句末字，以平仄相間為正格。譬如前一聯的出句用平腳，則後一聯的出句必須用仄腳；又如前一聯的出句用仄腳，則後一聯的出句必須用平腳。在近律的新式古風裡，這一個規則相當嚴格。」是一種五古較為近律的作法。

仄仄仄仄（藥）　平平仄平（藥）
白日不照物，浮雲在寥廓。
平平平平平　　仄仄仄平（藥）
風濤吹黃昏，瓦屋更紛泊。
平平仄仄仄　　仄仄平平（藥）
行觀蔡河上，負土知力弱。
平平仄仄平　　仄仄平平（藥）
隋堤散萬家，亂若春蠶箔。
平平仄仄仄　　仄仄平平（藥）
仍聞決數道，且用寬城郭。

仄仄仄平平　　平平仄平（藥）

婦子夜號呼，西南漫為壑。(〈白日不照物〉)

這也是一首仄韻五古。首聯次聯和第三聯全用拗句，其中首聯和次聯出句五字且全用仄聲或平聲。第五聯落句用律句，出句以拗句救之。末聯出句用律句，落句以拗句救之。只有第四聯出落句均用律句，這是偶然的例外。另出句句腳也是平仄遞用，與〈步月〉一首相同。但也有不少例外的情形。此詩用入聲藥韻，表達對難民哀憫的心情。

仄仄仄仄仄　　平仄平平（侵）

故物一已盡，嗟此歲年深。

仄平仄仄平　　平仄仄平（侵）

野桃自著花，荒棘自生鍼。

平平仄仄平　　平仄平平（侵）

芊芊谷水陽，鬱鬱崑山陰。

仄仄仄平仄　　平仄仄仄（侵）

俛仰但如昨，游者不可尋。(〈次韻唐彥猷華亭十詠‧陸機宅八〉)

這是一首平韻的五古。首聯落句、次聯出落句及第三聯出句為律句，其餘為拗句。按例平韻五古，其出句以用仄腳為原則；但仿古的平韻五古，出句並不避忌平腳。王安石平韻五古出句句腳多半不避忌平聲，是一種仿古的作風，並不算犯規。

◎七 言

平平平仄平平（侵）　　平仄平仄平（侵）

翛然光宅淮之陰，扶輿獨來坐中林。

平平平仄巳變響（侵）　　平仄仄仄平（侵）

千秋鐘梵巳變響，十畝桑竹空成陰。

仄平仄平仄仄仄　　平仄仄仄平平（侵）

昔人倨堂有妙理，高座翳遠天花深。

平平仄仄仄平仄　　仄仄平仄平（侵）

紅葵紫莧復滿眼，往事無跡難追尋。(〈光宅寺〉)

這是一首平韻的七古，各聯出句落句全用拗句。除首聯落句之外，各聯出落句全是三平和三仄落腳，古詩的句調是很明顯的。按律一韻到底的平韻七古，出句差不多永遠是仄腳的，只有少數例外的情形。此詩首句入韻，其餘各聯出句句腳如響字、理字、眼字俱為仄聲。尤其次聯和末聯平仄分別集中在上下句，用大開大闔跳動不羈的聲調來表

現物是人非之感慨，這種融聲情為一的作法，令人印象深刻。

　　仄平平平仄平（虞）　　平仄仄平仄（虞）
　　壯哉非羆亦非貙，目光夾鏡當坐隅。
　　平平仄仄仄仄　　仄仄仄仄平仄（魚）
　　橫行妥尾不畏逐，顧盼欲去仍躊躇。
　　仄平仄仄平平仄　　仄仄仄仄平平（虞）
　　卒然我見心為動，熟視稍稍摩其鬚。
　　仄平仄仄仄仄平　　仄仄平平平（魚）
　　固知畫者巧為此，此物安肯來庭除。
　　仄平平仄仄仄平　　仄仄平平平（虞）
　　想當槃礡欲畫時，睥睨眾史如庸奴。
　　平平仄仄仄平仄　　平仄仄仄平平
　　神閒意定始一掃，功與造化論錙銖。
　　平平仄仄平平（虞）　　仄平仄平平（虞）
　　悲風颯颯吹黃蘆，上有寒雀驚相呼。
　　平平仄仄平平仄　　平仄平仄仄（魚）
　　槎牙死樹鳴老烏，向之俛喙如哺雛。
　　平平仄仄平平仄　　平仄平仄仄（魚）
　　山牆野壁黃昏後，馮婦遙看亦下車。（〈虎圖〉）

這也是一首平韻的七古。全首僅有「卒然我見心為動」、「山牆野壁黃
昏後」二句為律句，其餘俱為拗句。其中且有七個句子為三平落腳，
兩個句子為三仄落腳。平仄聲也是呈集中式分布，形成強烈的對比效
果，使長篇七古讀來不致重覆單調，反而覺得自由奔放，富有韻律感。
各出句句腳有用仄聲有用平聲，更有入韻的。如「悲風颯颯吹黃蘆」、
「槎牙死樹鳴老烏」二句句腳蘆字、烏字屬本韻虞韻。是相對於〈光
宅寺〉那種新式的律化的作法，為比較古拙的一種。

　　平平平平平仄（遇）　平仄平平平（御）
　　西安春風花幾樹，花邊飲酒今何處。
　　仄平仄仄仄平平　　仄仄仄平平仄（御）
　　一盃塞上看黃雲，萬里寄聲無鴈去。
　　仄仄平平仄仄（真）　　平平仄平平（真）
　　世事紛紛洗更新，老來空得滿衣塵。
　　平平仄仄平平仄　　平仄平仄仄（真）
　　青山欲買江南宅，歸去相招有此身。（〈寄朱昌叔〉）

這是一首換韻的七古。除了四句一換韻、平仄韻遞用，且平仄還大部

份入律（只有首句爲拗句），是一種律化的古詩，屬於較爲新式的作法。

◎雜　言

平平仄平平　仄仄平仄（尤）
吾觀少陵詩，謂與元氣侔。

仄平平平仄仄仄　仄平仄仄仄仄（尤）
力能排天幹九地，壯顏毅色不可求。

仄仄仄仄平　平仄仄仄（尤）
浩蕩八極中，生物豈不稠。

仄平仄平平　仄仄平仄（尤）
醜妍巨細千萬殊，竟莫見以何雕鎪。

仄平仄平平　平仄平仄（尤）
惜哉命之窮，顛倒不見收。

平平仄平仄　仄仄平（尤）
青衫老更斥，餓走半九州。

仄平平平仄仄仄　平平仄仄平平（尤）
瘦妻僵前子仆後，攘攘盜賊森戈矛。

平仄平仄平　平仄平平（尤）
吟哦當此時，不廢朝廷憂。

平仄平仄仄　仄平仄平（尤）
常願天子聖，大臣各伊周。

平仄平平仄仄仄仄　仄仄仄仄仄平平（尤）
寧令吾廬獨破受凍死，不忍四海赤子寒颼颼。

平平仄仄仄仄平　平平平仄仄仄（尤）
傷屯悼屈止一身，嗟時之人我所羞。

仄仄仄平平　仄仄平仄（尤）
所以見公像，再拜涕泗流。

平平平平仄仄仄　仄仄平仄平平（尤）
推公之心古亦少，願起公死從之遊。（〈杜甫畫像〉）

這是一首平韻的錯綜雜言，含五字、七字和九字句。全部用拗句。各句平仄聲呈集中式分布，形成平仄聲強烈對比的效果。這與〈虎圖〉很近似；而其險峭卻較〈虎圖〉猶有過之，主要是雜言體之故。其中「寧令吾廬獨破受凍死，不忍四海赤子寒颼颼」，上句的下半段和下句的上半段連用仄聲達十一個字之多，然後以三平聲作結，以聲調達到強調語意的作用。寒颼颼，平聲悠長，有餘音嬝嬝之感，颼颼且是疊韻詞，摹狀多風刺骨的寒冷，極切。

仄平仄仄仄　　仄仄平平（麻）

法雲但見脊，細路埋桑麻。

平平仄平仄　　仄仄平平（麻）

扶輿度陽燄，窈窕一川花。

仄平平仄平仄（皓）　　平仄仄平平（皓）

一川花好泉亦好，初晴漲綠濃於草。

仄平仄平平仄（皓）　　平平平仄仄平（皓）

汲泉養之花不老，花底幽人自衰槁。（〈法雲〉）

這是一首換韻的五七雜言。除第二第三聯落句用律句，其餘均用拗句。是一種較爲平緩的調式，因平仄多呈分布式的組合，與〈虎圖〉及〈杜甫畫像〉形成一種對照，但又與律詩聲調不同。

平平平　　仄仄（冬）

巫山高，十二峰。

仄仄仄平平仄平平平　　仄仄仄沒瀲灔之蛟龍　　仄仄仄仄

上有往來飄忽之猿猱，下有出沒瀲灔之蛟龍，中有倚薄縹

仄平平（東）

緲之神宮。

平平仄仄平平仄（冬）　　平仄仄平平（東）

神人處子冰雪容，吸風飲露虛無中。

平仄仄仄平平（東）　　仄仄仄仄平（東）

千歲寂寞無人逢，邂逅乃與襄王通。

平平仄仄平平仄（冬）　　平仄平平平（東）

丹崖碧嶂深重重，白月如日明房櫳。

仄平仄仄平（冬）　　平仄仄平平（冬）

象床玉几來自從，錦屏翠幔金芙蓉。

平平仄仄平（語）　　平仄平仄平（麌）

陽臺美人多楚語，爭吹鳳管鳴鼉鼓。

仄平平平仄平仄　　仄仄平平仄仄平平（麌）

那知襄王夢時事，但見朝朝暮暮長雲雨。（〈葛蘊作巫山高愛其飄逸因亦作兩篇〉其一）

這是一首換韻的雜言古風。三言有兩句，七言有十一句，九言有四句。古詩通常也是以兩句爲一聯，全首雙數句爲原則，但也不避單數句。如「上有往來飄忽之猿猱」之九言句連用三個。末句不用七言，而以九言作結，使詩句在整齊之中寓有屈伸變化。全首聲調也合乎古體之要求。同時由於幾乎句句用韻，爲平聲韻，且句腳大部爲三平相連，自予人一種飄瀟之感。

—257—

（二）押　韻

通常律詩押韻以一韻到底且押平聲韻爲原則，偶然有首聯出句句腳借用鄰韻的情形，謂之襯韻。古詩則無此限制，押韻方式比較不固定，不但可以押平聲韻，且容許通韻及轉韻。王安石不換韻的五古有三百零三首，換韻的五古僅三首，不換韻的七古有七十七首，換韻的七古有三十七首。六言一首，爲不換韻的。不換韻的雜言古風有三首，換韻的雜言古風有十五首。茲將各體分別舉例說明如左：

◎不換韻

五言（附六言）

　　　　　仄　　　　　（侵）
　　君家段干木，爲義畏人侵。
　　　　　仄　　　　　（侵）
　　馮軾信厚禮，踰垣終褊心。
　　　　　仄　　　　　（侵）
　　溪山寧有此，園屋諒非今。
　　　　　仄　　　　　（侵）
　　雨過梅柳淨，潮來蒲稗深。
　　　　　仄　　　　　（侵）
　　種芳彌近渚，伐欝取遙岑。
　　　　　仄　　　　　（侵）
　　清節亦難尚，曠懷差易尋。
　　　　　仄　　　　　（侵）
　　子猷憐水竹，逸少愜山林。
　　　　　仄　　　　　（侵）
　　況復能招我，親題漢上衿。（〈奉酬約之見招〉）

通常平韻的五古，以首句不入韻且出句句腳用仄聲爲原則。〈奉酬約之見招〉完全符合此種規律。但是這類出句句腳純用仄聲的作法，在王安石的平韻五古中甚爲罕見，大約十首中不到一首。反而出句句腳呈不規則變化的，如前〈陸機宅〉一首；或平仄遞用的，如〈崑山慧聚寺次孟郊韻〉；或全用平腳的，如〈與望之至八功德水〉較多，那是一種仿古的作法。

　　　　　（陽）　　　　　　（陽）
　　僧蹊蹡青蒼，莓苔上秋床。

　　　　　　　平　　　　　　（陽）
　　露翰飢更清，風蘜遠亦香。
　　　　　　　仄　　　　　　（陽）
　　掃石出古寺，洗松納空光。
　　　　　　　平　　　　　　（陽）
　　久遊不忍還，迫迮冠蓋場。（〈崑山慧聚寺次孟郊韻〉）

這是不同於〈奉酬約之見招〉那種新式的作法，屬於仿古之作。落句句腳押平聲陽韻，出句句腳不避平聲。同類作品有〈省兵〉、〈思王逢原〉及〈和平甫舟中望九華山四十韻〉二首等。

　　　　　　平　　　　　　（紙）
　　散髮一扁舟，夜長眠屢起。
　　　　　　平　　　　　　（紙）
　　秋水瀉明河，迢迢藕花底。
　　　　　　仄　　　　　　（紙）
　　愛此露的皪，復憐雲綺靡。
　　　　　　平　　　　　　（紙）
　　諒無與絃歌，幽獨亦可喜。（〈散髮一扁舟〉）

這是一首仄韻五古，各聯落句句腳押上聲紙韻，是一韻到底而不轉韻的例子。按例仄韻五古的出句句腳以平仄相間為原則。此詩出句句腳舟、河、皪、歌，並非呈平仄相間那種規則的形式，是一種仿古的作風。〈韓持國從富并州辟〉所有落句句腳都押入聲合韻，〈得子固書因寄〉除首句句腳襯入聲質韻，各落句句腳均押入聲緝韻，〈酬王詹叔奉使江東訪茶法利害見寄〉各落句句腳押上聲有韻，三首無論押韻的情形，甚至出句句腳平仄呈不規則變化，都與〈散髮一扁舟〉相似。〈散髮一扁舟〉第二聯中的皪、綺靡都是連綿詞，增添了聲音的和諧與美感。

　　另有一首〈送董伯懿歸吉州〉，全首押上聲紙韻，衹有「誤食但陳米」之句腳是上聲薺韻，嚴格說是出韻，從寬而論，則是偶然從權的作法。

　　　　　　仄　　　　　　（迥）
　　石梁度空曠，茅屋臨清炯。
　　　　　　仄　　　　　　（梗）
　　俯窺嬌嬈杏，未覺身勝影。

　　　　　平　　　　　　　（梗）
　　嫣如景陽妃，含笑墮宮井。

　　　　　平　　　　　　　（梗）
　　怊悵有微波，殘妝壞難整。（〈杏花〉）

這也是一首仄韻五古。嚴格說，它不是上聲迥梗通押，因爲有三個句
腳押梗韻，只有一個句腳單獨押迥韻，只因古風關係，偶然從權。出
句句腳平仄每兩句一換，與前〈步月〉、〈白日不照物〉的平仄隔句一
換相同，都是律化的形式。這種情形在仄韻五古中，五首才有一首。
〈杏花〉這首短古，當中即運用空曠、清炯、嬌嬈、怊悵等四個連綿
詞，無論摹狀情物，都十分生動，聲音也很悅耳。

　　　　　平　　　　　　　（職）
　　殘暑安所逃，彎碕北窗北。

　　　　　仄　　　　　　　（錫）
　　伐翳作清曠，培芳衛岑寂。

　　　　　平　　　　　　　（職）
　　投衣掛青枝，數簞取一息。

　　　　　仄　　　　　　　（職）
　　涼風過碧水，俯見游魚食。

　　　　　平　　　　　　　（職）
　　永懷少陵詩，菱葉淨如拭。

　　　　　平　　　　　　　（錫）
　　試嘗共新甘，紫角方可摘。（〈彎碕〉）

這是一首入聲職錫通韻的例子。通韻情形在古詩中甚爲普遍。王安石
〈游土山示蔡天啓秘校〉、〈再用前韻寄蔡天啓〉、〈同前韻戲贈葉致遠
直講〉，接連三首韻腳都用入聲葉洽緝，長度且達一百零四句、五十
二韻。更有一種上去聲通韻的情形，不僅取其韻寬，且多少有倣古的
心理。

　　　　　平　　　　　　　（有）
　　吾嘗奇華佗，腸胃眞割剖。

　　　　　平　　　　　　　（有）
　　神膏既傅之，頃刻活殘朽。

　　　　　仄　　　　　　　（有）
　　昔聞今則信，絕技世常有。

　　　　　仄　　　　　　　（有）
　　堂堂潁川士，察脈極淵藪。

　　　　　　仄　　　　　　（宥）
　　珍丸起病瘠，鱠蟲隨泄嘔。
　　　　　　平　　　　　　（有）
　　攣足四五年，下針使之走。
　　　　　　仄　　　　　　（有）
　　一言儻不合，萬金莫可誘。
　　　　　　平　　　　　　（有）
　　又復能賦詩，往往吹瓊玖。
　　　　　　平　　　　　　（宥）
　　卷紙誇速成，語怪若神授。
　　　　　　仄　　　　　　（有）
　　名聲動京洛，蹤跡晦莨莠。
　　　　　　仄　　　　　　（有）
　　相逢但長笑，遇飲輒掩口。
　　　　　　平　　　　　　（有）
　　獨醒意何如，無乃寡俗偶。
　　　　　　平　　　　　　（有）
　　顧非避世翁，疑是壁中叟。
　　　　　　仄　　　　　　（有）
　　安得斯人術，付之經國手。（〈贈陳君景初〉）

這是上聲有韻與去聲宥韻通假的例子。王力《詩詞曲作法欣賞研究》：
「在四聲中，上聲韻和去聲韻字數最少，因此，詩人們偶然把上聲字
和去聲字通押。又因這兩個聲調的字本來有點兒流動不居，有些字本
有上去兩讀，有些去聲字被人們唸入上聲，有些上聲字被人們唸入去
聲，尤其是全濁音的上聲大約在晚唐（或更早）已經混入了去聲，所
以更容易造成上去通押情形。」

　　　　和〈贈陳君景初〉押韻情形相去不遠的有〈飯祈澤寺〉、〈感事〉、
〈己未耿天騭著作自烏江來予逆沈氏妹于白鷺洲遇雪作此詩寄天騭〉
等，茲舉一首如下：

　　　　　　平　　　　　　（旱）
　　駕言東南還，午飯投僧館。
　　　　　　平　　　　　　（旱）
　　山白梅蕊長，林黃柳芽短。
　　　　　　平　　　　　　（旱）
　　笭箵沙際來，略彴桑間斷。

　　　　　平　　　　　　　　（翰）
　　春映一川朋，雪消千壑漫。
　　　　　平　　　　　　　　（旱）
　　魚隨竹影浮，鳥誤人聲散。
　　　　　平　　　　　　　　（旱）
　　翫物豈能留，干時吾自懶。（〈飯祈澤寺〉）

這是上聲旱韻和去聲翰韻通押的情形，各出句句腳全是平聲，落句句腳全押上聲旱韻，但只有「雪消千壑漫」句腳為去聲翰韻。據王力的看法：「所謂偶然出韻，是全篇用某韻，共有一個韻腳是出韻的。這樣，作者並非有意通韻，只因它既然是古風，不妨偶然從權而已。」雖非出韻，卻是偶然從權。此詩收尾欠佳，但「笭箵沙際來，略彴桑間斷」自是佳語。笭箵，李壁〈注〉：「取魚籠」。略彴，即橫彴，〈登中茅山〉下李壁〈注〉：「今獨木橋也」。二者均是疊韻詞，對仗工整而聲音也自然。〈己未耿天騭自烏江來〉一首，各落句句腳為去聲敬韻和徑韻通假的情形，只有「長波一歸艇」之艇字為上聲迥韻。至於〈感事〉一首，全首上聲有韻和去聲宥韻通押，另有「欲訴嗟無賕」之賕字，以相應的平聲尤韻字賕協韻，雖不限於上去兩聲，情形也是近似的。

　　　　（質）　　　　　　　（微）
　　水冷冷而北出，山靡靡以旁圍。
　　　　（職）　　　　　　　（微）
　　欲窮源而不得，竟悵望以空歸。（〈題舒州山谷寺石牛洞泉穴〉）

這是王安石僅有的一首六言古絕。落句句腳押平聲微韻，出句句腳不但用仄，且是入聲質韻職韻通押。

七　言

　　　　　　　（尤）　　　　　　（尤）
　　汴水無情日夜流，不肯為我少淹留。
　　　　　　　（仄）　　　　　　（尤）
　　相逢故人昨夜去，不知今日到何州。
　　　　　　　（仄）　　　　　　（尤）
　　州州人物不相似，處處蟬聲令客愁。
　　　　　　　（仄）　　　　　　（尤）
　　可憐南北志未就，二十起家今白頭。（〈汴流〉）

七言古詩以首句入韻爲原則，此詩首聯出句句腳以及各聯落句句腳全押平聲尤韻，是一首一韻到底的平韻七古。一韻到底的平韻七古，出句句腳以用仄聲爲原則，王安石大約八首中有五首是全用仄腳的。〈汴流〉出句句腳去、似、就都是仄聲，爲律化的現象，這是新式的作法。另外，如〈同王濬賢良賦龜得升字〉、〈和董伯懿詠裴晉公平淮西將佐題名〉、〈憶昨詩示諸外弟〉、〈和王微之登高齋〉等都是。至於〈哭梅聖俞〉不論出落句句句押尤韻，〈估玉〉句句押先韻，〈雲山詩送正之〉首句襯微韻，其餘句句押平聲支韻，是較爲特殊的情形，可參看第四章。〈送程公闢之豫章〉順便一提。全首長四十三句，末句「我行樂矣未渠央」爲畸零句，句句都押平聲陽韻，唯有「君聞此語悲慨慷」句腳爲上聲養韻，也是偶然從權的作法。

雪釋沙輕馬蹄疾（質），北城可游今暇日（質）。

瀺瀺溪谷水亂流（平），漠漠郊原草爭出（質）。

嬌梅過雨吹爛熳（仄），幽鳥迎陽語啾唧（質）。

分香欲滿錦樹園（平），剪綵休開寶刀室（質）。

胡爲我輩坐自苦（仄），不念茲時去如失（質）。

飽聞高徑動車輪（平），甘臥空堂守經帙（質）。

淮蝗蔽天農久餓（仄），越卒圍城盜少逸（質）。

至尊深拱罷簫韶（平），元老相看進刀筆（質）。

盲風生物尚有意（仄），壯士憂民豈無術（質）。

不成歡醉但悲歌（平），回首功名古難必（質）。（〈次韻和中甫兄春日有感〉）

這是一首仄韻七古，各聯落句句腳押入聲質韻，出句句腳平仄遞用。據王力《詩詞曲作法欣賞研究》：「（〈憶昔行〉）這在杜集雖只一例，

而這一例卻成爲韓王蘇陸諸家的模範。他們的仄韻七古對於出句末字，也是平仄遞用而不一定每聯一換，他們偶然連用兩個平腳或兩個仄腳。」又：「仄韻七古出句末字平仄遞用只是一種作風，不是一種規律。」〈次韻和甫兄春日有感〉出句句腳一平一仄交替使用，呈現律化的現象，是受律詩影響的痕跡。而且此詩除首聯末聯，及中間第五聯用散句，其餘對偶工整，若非押仄聲韻和用古拗的聲調，簡直就宛如一首排律。〈寄題郢州白雪樓〉、〈乙未冬婦子病至春不已〉也是出句句腳平仄間用的例子。在王安石仄韻七古中，這種作法七首中約有二首。

往時濯足瀟湘浦，獨上九疑尋二女。_{（麌）}_{（語）}

蒼梧之野煙漠漠，斷隴連岡散平楚。_{（藥）}_{（語）}

暮年傷心波浪阻，不意畫中能更睹。_{（語）}_{（麌）}

燕公侍書燕王府，王求一筆終不與。_{（麌）}_{（語）}

奉論讞死誤當赦，全活至今何可數。_{（禡）}_{（麌）}

仁人義士埋黃土，祇有粉墨歸囊褚。_{（麌）}_{（語）} (〈題燕侍郎山水圖〉)

全首落句句腳上聲麌韻語韻通假。出句除「蒼梧之野煙漠漠」、「奏論讞死誤當赦」兩句句腳爲入聲藥韻和去聲禡韻，其餘押麌語本韻，全爲仄聲。〈純甫出惠崇畫要予作詩〉作法近似，全首落句句腳上聲麌語通韻，出句句腳有六個仍用本韻之字；另有「往時所歷今在眼」爲上聲潸韻，「頗疑道人三昧力」爲入聲職韻，「方諸承水調幻藥」爲入聲藥韻，「濠梁崔白亦善畫」爲去聲卦韻，「一時二子皆絕藝」爲去聲霽韻，不離仄聲；而「酒酣弄筆起春風」爲東韻，「華堂直惜萬黃金」爲侵韻，則是平聲了。這種作法不同於〈次韻和甫兄春日有感〉，是屬於一種比較古拙自由的方式。在王安石仄韻的七古中，大約七首中有五首屬這種情形。另有兩首特殊的例子，一是〈我所思寄黃吉

甫〉，紙尾通韻且是句句押韻。一是〈九鼎〉，首句入韻，其餘奇句和偶句分押，偶句押屋沃韻，奇句押質職藥陌韻，全爲入聲，收音相同，卻分屬不同類組。

還有一個特例，就是〈酬王濬賢良賦松泉〉第一首，全首押去聲皓韻，卻雜有「上下隨煙何慅慅」一句，句腳爲平聲豪韻，從寬而言是權宜變通的方法，從嚴而言，則是出韻了。

雜　言

建業東郭，望城西堍。〔仄〕（宥）

千嶂承宇，白泉遠雷。〔仄〕（宥）

青遙遙兮纚屬，綠宛宛兮橫逗。〔仄〕（宥）

積李兮縞夜，崇桃兮炫晝。〔仄〕（宥）

蘭馥兮衆植，竹娟兮常茂。〔仄〕（宥）

柳蔫綿兮含姿，松偃寒兮獻秀。〔平〕（宥）

鳥跂兮下上，魚跳兮左右。〔仄〕（宥）

顧我兮適我，有斑兮伏獸。〔仄〕（宥）

感時物兮念汝，遲汝歸兮攜幼。（〈寄蔡氏女子二首〉其一）〔仄〕（宥）

這是一首雜言古風，有四字句、五字句和六字句。全首落句句腳押去聲宥韻，出句除「柳蔫綿兮含姿」句腳爲平聲，其餘全用仄。〈杜甫畫像〉一首也是一韻到底的雜言古風，押平聲尤韻。

◎換　韻

五　言

伯夷惡一世，季也皆鄉人。（真）

吾嘗論夫子，有似季之倫。（真）

人情路萬殊，近世頗荊榛。_{（真）}

唯君游其間，坦坦得所循。_{（真）}

意君誠愷悌，慕向從宿昔。_{（陌）}

奈何初相歡，鶺首已云北。_{（職）}

莓莓郊原青，漠漠風雨黑。_{（職）}

冠蓋滿津亭，君今去何適。（〈別馬秘丞〉）_{（錫）}

這是一首換韻的五言古詩。換韻的五古，每換一韻，每一句總以入韻為原則。〈別馬秘丞〉和〈寄丁中允〉都不入韻，〈美玉〉有入韻有不入韻。通常換韻的五古也有仿古和新式兩種，仿古的一種換韻沒有固定的規律，王安石換韻的五古都屬於這一種。像〈別馬秘丞〉前半段的八句押平聲，後半段的八句押入聲陌職錫，陌職錫可以通假。

七 言

白溝河邊蕃塞地，送迎蕃使年年事。_{（真）}_{（真）}

蕃使常來射狐兔，漢兵不道傳烽燧。_{（真）}

萬里鉏耰接塞垣，幽燕桑葉暗川原。_{（元）}_{（元）}

棘門灞上徒兒戲，李牧廉頗莫更論。（〈白溝行〉）_{（元）}

這是一首換韻的七言古詩。換韻的七古，每換一韻，第一句總以入韻為原則。〈白溝行〉即合於規律。又換韻的古詩有仿古和新式兩種。通常典型的新式古風須具備三個條件：（1）平仄多數入律。（2）四句一換韻。（3）平仄韻遞用。但是有些古風雖然四句一換韻，卻非平仄韻遞用；另有些古風雖然平仄韻遞用，卻非四句一換韻，是介乎仿古的古風和新式的古風之間的。〈白溝行〉具備了典型新式古風的三項條件。另外如〈明妃曲〉兩首、〈桃源行〉、〈寄朱昌叔〉、〈彭蠡〉等都是新式古風的作法，大約佔換韻七古中的三分之一不到。

陰山健兒鞭鞚急，走勢能追北風及。_{（緝）}

逶迤一虎出馬前，白羽橫穿更人立。_{（緝）}

回旗倒戟四邊動，抽矢當前放蹄入。_{（緝）}

爪牙蹭蹬不得施，蹟上流丹看來濕。_{（緝）}

胡天朔漠殺氣高，煙雲萬里埋弓力。_{（豪）（豪）}

穹廬無工可貌此，漢使自解丹青包。_{（肴）}

堂上絹素開欲裂，一見猶能動毛髮。_{（屑）（月）}

低回使我思古人，此地搏兵走戎羯。_{（月）}

禽逃獸遁亦蕭然，豈若封疆今晏眠。_{（先）（先）}

契丹弋獵漢耕作，飛將自老南山邊，_{（先）}

還能射虎隨少年。（〈陰山畫虎圖〉）_{（元）}

這一首換韻七古，除了平仄韻遞換以外，多用拗句、非四句一換韻及長二十一句為奇數句，都與前〈白溝行〉一首不同。但是它是介於仿古和新式之間的，因為押韻方面，緝韻為八句，其餘豪肴、屑月，都是四句一換的。〈信都公家白兔〉同屬此類。

留侯美好如婦人，五世相韓韓入秦。_{（真）（真）}

傾家為主合壯士，博浪沙中擊秦帝。_{（紙）（霽）}

脫身下邳世不知，舉世大索何能為。_{（支）（支）}

素書一卷天與之，穀城黃石非吾師。_{（支）（支）}

固陵解鞍聊出口，捕取項羽如嬰兒。_{（支）}

從來四皓招不得，為我立棄商山芝。_{（支）}

洛陽賈誼才能薄，擾擾空令絳灌疑。(〈張良〉) ^(支)

這一首全用拗句，又不是四句一換韻，因此是仿古的轉韻七古。特別要說明的是，第三、四句上聲紙和去聲霽通韻，並與平聲支韻相應。〈潭州〉、〈韓信〉、〈揚雄〉三首其三，作法大同小異。

另外，〈元豐行〉、〈後元豐行〉、〈既別羊王二君與同官會飲於城南因成一篇〉也是仿古的轉韻七古。與〈張良〉等首不同之處，在句句押韻，是一種變例。

雜 言

河北民生近，二邊長苦辛。 ^(真)

家家養子學耕織，輸與官家事夷狄。 ^{(職)(錫)}

今年大旱千里赤，州縣仍催給河役。 ^{(陌)(陌)}

老小相攜來就南，南人豐年自無食。 ^(職)

悲愁白日天地昏，路傍過者無顏色。 ^(職)

汝生不及貞觀中，斗粟數錢無兵戎。(〈河北民〉) ^{(東)(東)}

〈河北民〉轉韻兩次。由平聲眞韻轉入聲職、陌、錫，再轉平聲東韻。在轉韻的古風中，每轉一韻，第一句總以入韻爲原則，七古如此，五古有部份也如此，雜言仿之。〈河北民〉一首合律。

寒林昏鴉相與還，下有跂石蒼屛顏。 ^{(刪)(刪)}

曾於古圖見彷彿，已怪筆力非人間。 ^(刪)

君家石屛誰爲寫，古圖所傳無似者。 ^{(馬)(馬)}

鴉飛歷亂止且鳴，林葉慘慘風煙生。 ^{(庚)(庚)}

高齋日午坐中見，意似落日空山行。 ^(庚)

（有）　　　　　　　（巧）

君詩雄盛付君手，云此非人乃天巧。

（紙）　　　　（庚）　　　　　　　　　　　　（紙）

嗟哉！渾沌死，乾坤生，造作萬物醜妍巨細各有理。

（庚）　　　　　　（紙）

問此誰主何其精，恢奇詭譎多可喜。

（庚）

人於其間乃復雕鑱刻畫出智力，欲與造化追相傾。

（蒸）

拙者婆娑尚欲奮，二者固已窮夸矜。

（庚）

吾觀鬼神獨與人意異，雖有智巧無所爭。

（庚）

所以虢山間，埋沒此寶千萬歲，不爲見者驚。

（庚）

吾又以此知，妙偉之作不在百世後，造始乃與元氣幷。

（庚）

畫工粉墨非不好，歲久剝爛空留名。

（庚）

能從太古到今日，獨此不朽由天成。

（職）　　　　　　　（藥）

世人尚奇輕貨力，山珍海怪採掇今欲索。

（職）　　　　　　　（職）

此屏後出爲君得，胡賈欲著價不識。

（職）

吾知金帛不足論，當與君詩兩相直。（〈和吳沖卿鵶樹石屏〉）

這一首換韻古七，共換六次韻。先押平聲刪韻，轉上聲馬韻，再轉平聲庚韻，再轉上聲有、巧（有韻巧韻偶然可以通押），再轉上聲紙韻，再轉平聲庚、蒸（庚韻蒸韻通假情形很普遍），再轉入聲藥、職（藥職可通押）。是王安石換韻七古中換韻次數最爲頻繁的一首。王安石在中段暗藏機巧，不唯可視爲押紙韻，還可視作押庚韻：

（庚）

嗟哉！渾沌死，乾坤生，

（紙）　　　　　　　　　　　　　　（庚）

造作萬物醜妍巨細各有理，問者誰主何其精。

（紙）

恢奇詭譎多可喜，人於其間乃復雕鑱刻畫出智力，欲與造

－269－

化追相傾。^(庚)

這可能是中段押庚韻的篇幅太長，與前後用韻的句數不成比例，讀來顯得單調，因藏紙韻以調節變化。〈和吳沖卿鴉樹石屏〉一首不僅轉韻次數多，句式抱括二言、三言、五言、七言、九言、十一言、十三言，句式非常自由活潑，可謂窮極變化之妙了。另外，連綿詞之多，也是僅見的，屛顏、彷彿、歷亂、慘慘、恢奇、詭譎、婆娑，無形中更豐富了整首詩的音樂性。

古詩無論句調押韻都不固定，但是論其作風，五古七古都有新式與仿古兩種不同的形式。所謂新式，是受律詩影響，作法較為固定的一種，所謂仿古，則是拘束較少，作風較為古拙的一種。如新式的平韻古詩，不分五言七言，出句句腳全用仄聲，仿古的則不避平聲。新式的仄韻古詩，不分五言七言，出句句腳平仄間用，而仿古的則沒有固定的規律。新式的換韻七古，多用律句，且四句一換韻，平仄韻遞用，而仿古的則沒有固定的形式。分析王安石的古詩，除平韻的七古以新式的較佔優勢，與仿古大約是五與三之比，其餘平韻仄韻的五古、仄韻的七古和換韻的七古，都是以仿古的較佔優勢，如平韻五古是十一比一，仄韻五古是四比一，仄韻七古是五比二，換韻七古是二比一。從以上這些數據，可以瞭解王安石個人的偏好。

第二節　修辭技巧

王安石早年在文學上的主張，是由王禹偁、歐陽脩一脈相沿而來。王禹偁和歐陽脩反西崑輕綺靡麗的立場是一致的，王安石也曾提出近似的言論。《臨川集》卷八十四有〈張刑部詩序〉，作於慶曆三年，二十三歲：

> 君並楊劉。楊劉以其文詞染當世，學者迷其端原，靡靡然窮日力以摹之，粉墨青朱，顛錯叢厖，無文章黼黻之序；其屬情藉事，不可考據也。方此時，自守不污者少矣。君獨不然，其自守不污者邪？子夏曰：「詩者，志之所之也。」

　　觀君之志，然則其行亦自守不污者邪？豈唯其言而已。
所謂「粉墨青朱，顛錯叢厖，無文章黼黻之序」云云，係針對崑體末流競尚妍華，卻忽視文學之思想內容而發。所謂「其屬情藉事，不可考據」云云，係針對崑體好堆砌故實，而詩情往往流於虛浮誇張、甚至於無病呻吟而發。換言之，他對崑體普遍華而不實，趨向唯美的形式主義發展深致不滿。在〈張刑部詩序〉的後段，引用子夏「詩者，志之所之」的表現理論，認同詩家之吐屬是真實情感思想的流露的傳統說法。《臨川集》卷七十五〈上邵學士書〉，可能作於同時：

　　　某嘗患近世之文辭弗顧於理，理弗顧於事，以裒積故實為
　　有學，以雕繪語句為精新。譬之擷奇花之英，積而玩之，
　　雖光華馨采，鮮縟可愛，求其根柢濟用，則蔑如也。

信中內容指陳西崑派的流弊，與〈張刑部詩序〉相同；此外，並釐清他對文與道先後本末關係的看法。王安石實用的創作觀，要以《臨川集》卷七十七〈上人書〉一篇論述的最完整：

　　　嘗謂文者，禮教治政云爾。其書諸策而傳之人，大體歸然
　　而已。而曰「言之不文，行之不遠」者，徒謂辭之不可以
　　已也，非聖人作文之本意也。……且所謂文者，務為有補
　　於世而已矣。所謂辭者，猶器之有刻鏤繪畫也。誠使巧且
　　華，不必適用；誠使適用，亦不必巧且華。要之以適用為
　　本，以刻鏤繪畫為之容而已。不適用，非所以為器也；不
　　為之容，其亦若是乎？否也。然容亦未可已也。忽先之，
　　其可也。

「然容亦未可已也」，雖不反對雕鏤語句，但是「文者，務為有補於世而已矣」、「要之以適用為本」，特別強調文學內容在政治教化上實用的功能。在實際創作方面王禹偁學杜甫、白居易，而以平易矯西崑之富縟，歐陽脩學李白、韓愈，專以氣格為主，掃除西崑之浮艷。王安石早期的作品兼而有之，而得韓、歐之影響為尤大。包括前述主氣格達意在內，凡歐陽脩以文字為詩，以議論為詩，以詩紀事，打破聲律儷偶的局限，可以說就是王安石早期詩歌的特色，特別像是〈兼

幷〉、〈省兵〉、〈憶昨詩示諸外弟〉、〈杜甫畫像〉等含政治作用，或言志抒懷一類的作品。然而到了晚年，王安石不再強調文學的政治功能了，他不過消極地主張在內容上維持一個道德的標準而已。袁枚《隨園詩話》卷二：

> 王荊公……作《字說》云：「詩者，寺言也。寺爲九卿所居，非禮法之言不入，故曰『思無邪』。」

而平日論詩多側重在修辭方面，朝向與歐陽脩「以鍊意爲主」之文學主張殊塗的發展。根據現存詩話資料看來，幾乎都是與修辭有關的技巧理論。如魏泰《臨漢隱居詩話》：

> 余嘗與王荊公評詩，余謂凡爲詩，當使挹之而源不窮，咀之而味愈長。至如永叔之詩，才力敏捷，句亦雄健，但恨其少餘味爾。荊公曰：「不然，如『行人仰頭飛鳥驚』之句，亦可謂有味矣。」然至今思之，不見此句之佳，亦竟莫原荊公之意。信乎！所見各殊，不可強同也。

王安石所言，乃象徵含蓄之法。行人不經意的舉動，竟使得高鳥驚飛，與蘇軾「猿吟鶴唳本無意，不知下有行人行。」譬喻相反，而詩意相同。王安石自己也有「丈夫出處非無意，猿鶴從來自不知」之句，又是另一種涵義了。

如《蔡寬夫詩話》：

> 荊公嘗云：「詩家病使事太多，蓋皆取其與題合者類之，如此乃是編事，雖工何益？若能自出己意，借事以相發明，情態畢出，則用事雖多，亦何所妨？」

論用典的方法。《王直方詩話》及《石林詩話》：

> 荊公云：「凡人作詩，不可泥於對屬，如歐陽公作〈泥滑滑〉云：『畫簾陰陰隔宮燭，禁漏杳杳深千門。』千字不可以對宮字。若當時作朱門，雖可以對，而句力便弱耳。」
> 荊公詩用法甚嚴，尤精於對偶。嘗云用漢人語止可以漢人語對，若參以異代語便不類。如「一水護田圍綠去，兩山排闥送青來」之類，皆漢人語也。惟公用之不覺拘窘卑凡。如「周顒宅在阿蘭若，妻約身隨窣堵波」，皆以梵語對梵語，

> 亦此意。嘗有人向公稱「自喜田園安五柳，但嫌尸祝擾庚桑」之句，以爲的對。公笑曰：「伊但知柳對桑爲的，然庚亦自是數，蓋以十干數之也。」

論對偶的技巧。又如《石林詩話》卷上：

> 蔡天啓云：「荊公每稱老杜『鉤簾宿鷺起，丸藥流鶯囀』之句，以爲用意高妙，五字之楷模。他日公作詩『青山捫蝨坐，黃鳥挾書眠』，自謂不減杜詩，以爲得意。」

重視句法的鍛鍊。《西清詩話》卷上：

> 王仲至欽臣能詩，短句尤秀絕，初試館職，有詩云：「古木陰森白玉堂，長年來此試文章。日斜奏罷長楊賦，閒拂塵埃看畫牆。」王文公見之甚嘆愛，爲改爲「奏賦長楊罷」，云：「詩家語如此乃健。」是知妙手斡旋，不煩繩削而自合矣。

以倒裝求健之例。從以上記載看來，晚年大大突破實用理論的藩籬，而講求修辭之術，形式之美。還有一最知名的例子，就是「春風自綠江南岸」的句子，其中綠字幾經推敲而後定。晚年由於生活上、心境上的巨變，加以文學觀念逐步修正，促使王安石的詩擺脫了韓歐的影響，脫離了經世致用的目的，而樹立起個人精深華妙的藝術風格。但是他的詩絕對沒有崑體那種富麗的習氣，主要是取材不同，他多以大自然的風物爲題材，自然顯得清新脫俗。

　　一般學者論及王安石的修辭技巧，多從用事下字精切、對偶工致、喜用連綿字、代字、數字、顏色字，以及好模襲前人詩句等加以探討，事實上，王安石最擅長，也最具特色的乃是比興——即象徵、譬喻、擬人、聯想，以及用典翻案、寓言等手法。

一、象徵譬喻

（一）象　徵

　　最早指出王安石在修辭上運用象徵的是吳喬。他對王安石的爲人及其新法都不表贊同，然而對他的詩稱道不置，備極推重。《圍爐詩話》：

> 宋人……雅奏日湮，敷陳多於比興，蘊藉少於發舒，意長

筆短者，十不一二也。唯介甫詩能令人尋繹於言語之外，
當其絕詣，實自可興可觀，特推爲宋人第一。

厥後未有言及者。李東陽《麓堂詩話》：「所謂比與興者，皆託物寓情
而爲之者也。蓋正言直述則易於窮盡而難於感發，惟有所寓託，形容
摹寫，反復諷詠，以俟人之自得，言有盡而意無窮。則神爽飛動，手
舞足蹈而不自覺，此詩之所以貴情思而輕事實也。」比與興是兩回事，
比爲明喻，興爲隱喻，亦即所謂之象徵。比興之運用，目的無非使詩
意含蓄有味或生動入神。王安石詩所以深婉不迫，所以精深華妙，象
徵譬喻之手法高明是重要的原因之一。以〈明妃曲〉二首爲例。它是
王安石詩中歷來最受爭議的作品。有從義理的觀點攻詰的，如王深
父、范沖、及朱弁，見李壁〈注〉及《風月堂詩話》；有從考據觀點
辯白迴護的，如蔡元鳳《王荊公年譜考略》；也有從文學角度稱其議
論創闢有思致的，如葛立方《韻語陽秋》。近人高步瀛欲爲持平之論，
《唐宋詩舉要》：

> 黃山谷跋介甫此篇，謂可與李翰林、王右丞並驅爭先，亦
> 不免溢美。平心而論，實皆不失爲佳構。永叔〈再和明妃
> 曲〉云：「耳目所及尚如此，萬里安能制夷狄？」議論既庸
> 腐，詞亦質直少味。介甫後篇云：「漢恩自淺胡自深，人生
> 樂在相知心。」持論乖戾。范元長（沖）對高宗論此詩，
> 直斥爲壞人心術，無父無君。（李〈注〉引）雖不免深文周
> 內，然亦物腐蟲生，偏激之論有以致之。蔡元鳳（上翔）《王
> 荊公年譜考略》（卷七）雖多方辯護，然不能掩其疵也。李
> 雁湖曰：「詩人務一時爲新奇，求出前人所未道，而不知其
> 言之失也。」可謂持平之論已。

對王安石之作不免仍多微辭。「漢恩自淺胡自深，人生樂在相知心」、
「君不見咫尺長門閉阿嬌，人生失意無南北」之句，容或有語病，以
致遺人口實，卻難以掩蓋其文學手法高明及涵義委婉深刻的事實。兩
首通體用象徵，詩中移注了大量情感與想像成分，句句寫明妃，句句
是自喻。寄託了出使契丹時的心情，以及無人知遇失意落寞的怨曲與

哀感。「含情欲語獨無處，傳與琵琶心自知。黃金桿撥春風手，彈看飛鴻勸胡酒。」隱然透露了他心情無處渲洩，僅藉〈明妃曲〉以寄意的旨趣。又如〈夜直〉一首，或以爲平甫之詩，或以爲此似小詞，徒然因爲文字風格纖穠富麗，不似王安石平日作風。我們從比興的運用，及其象徵意義，可以斷言確是王安石的手筆。另一首〈初到金陵〉：「江湖歸不及花時，空遶扶疏綠玉枝。夜直去年看蓓蕾，晝眠今日對紛披。」無論文字風格及修辭技巧皆有神似之處。〈初到金陵〉作於罷相之初，而〈夜直〉則是翰林學士任上或執政初期所作。首句「金爐香盡漏聲殘」，營造宮禁富麗的情境。「香盡」、「漏聲殘」寫徹夜不眠，並暗示繁華如煙，富貴如夢。「剪剪輕風陣陣寒」隱喻人言之可畏。「春色」二字喻君臣會合得志之時。「惱人眠不得」五字，隱見其心情之紛亂。末句「月移花影上闌干」，以景作收，最是高明。象徵得明君識拔，驟履要地。眞所謂「不著一字，盡得風流」的含蓄蘊藉！《臨川文集》卷五十七有〈辭免參知政事表〉：「皇帝陛下紹膺皇統，俯記孤忠，付之方面之權，還之禁林之地，固已人言之可畏，豈云國論之敢知？忽被寵靈，滋懷愧恐，伏望皇帝陛下考愼所與，燭知不能，許還謬恩，以允公議，庶少安於鄙分，無甚累於聖時。臣無任。」可參看。又如〈次韻和甫詠雪〉，中聯「平治險穢非無德，潤澤焦枯是有才。勢合便疑包地盡，功成終欲放春回。」夏敬觀《王安石詩選注》：「詩意以喻新法之行，眾議但求其近害，而不知其有遠功。」很有深見。王安石爲解除朝廷對新法之疑懼，借雪以喻。說明新法實行之初，難免有不便民之處，但它能開宋室及全民長久之利益。旨在勸服朝野士大夫人民不要短視。爲阮閱《詩話總龜》所謂之「象外句」。〈春雨〉：「九十日春渾得雨，故應留潤作花時」，涵義相同。又如〈雨花臺〉，頸聯兩句「南上欲窮牛渚怪，北尋難忘草堂靈」，也是一種象徵手法，由於內容比較隱微奧曲，不易爲人所喻，經周錫馥解說，豁然開朗。《王安石詩選》：「南上句，我眞想往南溯江而上，使牛渚山下的怪物一一露出原形。這裡是要投入激烈的現實鬥爭之意。北尋句，但是往

北去，鍾山草堂寺的神靈又著實令人難忘。以上兩句表現了作者出仕
與退隱兩種思想的矛盾。」又如〈題扇〉，「青冥風露非人世，鬢亂釵
橫特地寒」二句，描寫扇畫中仙女駕著鸞鳳奔波來往於廣大的蒼穹，
卻要獨嘗那份孤獨與落寞之感，隱示自己類似的政治遭遇。惠洪《天
廚禁臠》：「讀之令人一唱而三嘆，譬如朱絃，疏越有遺音者也。」又
如〈出郊〉：「川原一片綠交加，深樹冥冥不見花。風日有情無處著，
初回光景到桑麻。」象徵由絢爛歸於平淡以後，無可施為，只有將自
己滿腔的治世熱情，傾注到郊外田野，日日以杖策行田為逍遣了。又
如〈半山春晚即事〉：「春晚取花去，酬我以清陰。」景中寓情，象徵
失掉權勢之後，換來的反而是一生難得的清閑與自在。〈初夏即事〉：
「晴日暖風生麥氣，綠陰幽草勝花時。」較前首更進一步肯定其閑居
生活的美好，甚過官勢煊赫的宰相。〈寶公塔〉：「江月轉空為白晝，
嶺雲分暝與黃昏。鼠搖岑寂聲隨起，鴉矯荒寒影對翻。」象徵「君子
道消，小人道長」，正義真理，敵不過傾邪的小人。真《滄浪詩話》
所謂：「不涉理路，不落言筌。羚羊挂角，無跡可求。如空中之音，
相中之色，水中之月，境中之象，言有盡而意無窮。」其餘散見集中，
以七言律詩絕句為多：〈雨過偶書〉：「誰似浮雲知進退，纔成霖雨便
歸山。」〈舒州七月十七日雨〉：「巫祝萬端曾不救，祇疑天賜雨工閑。」
〈次韻酬王太祝〉：「衰根要路身難植，病羽長年欲退飛。」〈寄王回
深甫〉：「窗間暗淡月含霧，船底飄颻風送波。」〈與微之同賦梅花得
香字〉三首其三：「向人自有無言意，傾國天教抵死香。」〈華藏院此
君亭〉：「人憐直節生來瘦，自許高材老更剛。」〈龍泉寺石井〉二首
其一：「天下蒼生待霖雨，不知龍向此中蟠。」〈北陂杏花〉：「縱被春
風吹作雪，絕勝南陌碾成塵。」〈登飛來峰〉：「不畏浮雲遮望眼，自
緣身在最高層。」〈江上〉：「青山繚遶疑無路，忽見千帆隱映來。」
〈鍾山即事〉：「茅簷相對坐終日，一鳥不鳴山更幽。」以下為五言律
詩絕句及古詩之例：〈孤桐〉：「凌霄不屈己，得地本虛心。歲老根彌
壯，陽驕葉更陰。」〈雙廟〉：「北風吹樹急，西日照窗涼。」〈春晴〉：

「靜看蒼苔紋，莫上人衣來。」〈步月〉二首其二：「誰能挽姮娥，俯濯凌波襪。」〈法雲〉：「扶輿度陽燄，窈窕一川花。」〈寄蔡氏女子〉二首其一：「積李兮縞夜，崇桃兮炫晝。」

（二）譬　喻

至於譬喻不似象徵那般隱曲，是一種借其他事物來形容，以使事物如在目前，甚至更爲明顯生動的手法。譬喻包括擬人與託物。茲僅錄託物之例，擬人留待下文再討論。由於古體詩各方面限制較少，創作比較自由，因此王安石於古詩中運用譬喻也比較多，比較活潑富於想像力。如〈寄楊德逢〉：「遙聞青秧底，復作龜兆坼。」以龜兆坼三字形容久旱不雨土田乾裂的情形。古詩〈元豐行〉也有「田背坼如龜兆出」的句子。如〈贈約之〉：「且當觀此身，不實如芭蕉。」以植物芭蕉來形容生命之脆弱短暫。〈和吳仲卿雪詩〉：「輕於擘紛絮，細若吹毛氄。」以綿絮、氄毛形容雪花的輕盈與細柔。〈和平甫舟中望九華山四十韻〉：「陵空翠蠶直，照影寒鉦銛。」以翠蠶形容青山高聳險峻，以寒鉦形容倒映在水中的山影。「冢木立紺髮，崖林張紫髯。」形容山頂及崖壁林木的姿態。〈寄曾子固〉：「君名高山嶽，崛嵂嵩與泰。低心收蠢友，似不讓塵溘。又如滄江水，不逆溝畎澮。君身揭日月，遇輒破氛靄。」形容曾子固名聲高，爲人寬容、正直。〈贈曾子固〉：「子固文章世無有，水之江漢星之斗。」推崇子固文章卓越。〈答曾子固南豐道中寄〉：「永矢從之遊，合如扉上鐶。」形容與子固交情永恆不渝。〈得子固書因寄〉：「時開識子意，如渴得美湆。」形容展讀子固書心領神會喜悅的感受。〈虔州江陰二妹〉：「飄若越鳥北，心常在南枝。又如歧首蛇，南北兩欲馳。」形容四處漂泊渡日，然而心繫親友的情形。〈憶昨詩示諸外弟〉：「歸心動蕩不可抑，霍若猛吹翻旌旐。」形容歸心如風中旌旐之翻騰。〈和王樂道烘蝨〉：「飄零乍若蛾赴燈，驚擾端如蟻旋磨。」形容蝨遇熾熱炭火時驚惶失措的樣子。〈寄李士寧先生〉：「渴愁如箭去年華，陶情滿滿傾榴花。」以箭形容

歲月易逝，以榴形容盛情。〈和董伯懿詠裴晉公平淮西將佐題名〉：「指
麾光顏戰洄曲，闞如怒虎搏虓犴。」形容裴度指麾李光顏作戰時勇猛
之狀。〈和貢父燕集之作〉：「馮侯天馬壯不羈，韓侯白鷺下清池。劉
侯羽翰秋欲擊，吳侯葩蕚春爭披。沈侯玉雪照人潔，瀟洒已見江湖姿。
唯予貌醜駭公等，自鏡亦正如蒙俱。」形容諸人性情、人品及容貌。
其中評人與自嘲形成強烈對比，可見王安石幽默的一面。〈我所思寄
黃吉甫〉：「萬斛之舟簁一葦，超邑越都如歷指。」形容彭蠡之遼闊，
與舟行江上速度之迅疾。〈示平甫弟〉：「汴渠西受崑崙水，五月奔湍
射蒿矢。」形容水流如猛矢。〈送董伯懿歸吉州〉：「亦曾戲篇章，揮
翰疾蒿矢。」形容董伯懿文思敏捷。〈再用前韻寄蔡天啓〉：「微言歸
易悟，疾若髭赴鑷。」形容蔡天啓穎悟。「遠求而近遺，如目不見睫。」
形容捨近而求遠。〈用前韻戲贈葉致遠直講〉：「初如太阿鋒，誰敢觸
其鋏。」形容葉致遠詞鋒如劍。〈和微之登高齋〉：「因留佳客坐披寫，
醲酴笑語傾如筵。」形容酒中笑語不絕。〈寄吳沖卿〉：「窮年走區區，
得謗大如屋。」形容謗言之大。〈秋熱〉：「西風忽送中夜濕，六合一
氣窨新開。」形容秋日燠熱，夜雨送爽清涼的感受，十分新穎。〈邀
望之過我廬〉：「我池在仁境，不與獱獺居。亦復無蟲蛆，出沒爭腐餘。」
不與逐利之群小往來。以上古詩譬喻之例。

　　〈壬辰寒食〉：「客思似楊柳，春風千萬條。」形容客居異鄉，愁
緒萬千。將抽象的情緒，用具體的事物——柳條來表現，極具巧思。
〈次韻昌叔歲暮〉：「橫風高彃弩，殘溜細鳴琴。」形容風勢強勁如拉
滿弓弩，細流不斷像悠悠的琴韻。〈吳正仲謫官得故人寄蟹以詩謝之
余次其韻〉：「酒量寬滄海，詩鋒捷孟勞。」形容酒量如滄海之大，詩
筆較寶刀還敏捷銳利。〈和吳沖卿雪霽紫宸朝〉：「帚動川數潦，訛鳴
海上潮。」形容以帚掃除積雪時，帚多如潮水退去；上早朝時，百官
著靴至殿，其聲如海潮之上，非常壯觀。句中並含誇飾作用。〈讀眉
山集次韻雪詩〉五首其一：「搏雲忽散箆爲屑，剪水如分綴作花。」
形容落雪的形狀和顏色。〈其二〉：「皭若易緇終不染，紛然能幻本非

花。」形容雪之瑩潔如花。〈崇政殿詳定幕次偶題〉：「禁柳萬條金細撚，宮花一段錦翻新。」形容宮柳之柔嫩與花朵之繽紛。〈思王逢原〉三首其一：「杞梓豫章蟠絕壑，騏驎驒襄跨浮雲」形容王逢原才能卓絕。〈次韻酬宋玘〉六首其四：「美似狂酲初噉蔗，快如衰病得觀濤。」形容讀宋玘詩之感受。〈次韻曾子翊赴舒州官見貽〉：「一水碧羅裁繚繞，萬峰蒼玉刻屛顏。」形容綠水如羅帶般圍繞，蒼山如玉石般險峻。〈次韻張氏女弟詠雪〉：「邑犬橫來矜意氣，窟蟾偷出助光輝。」形容大雪紛飛及夜雪皎潔之景象。〈至開元僧舍上方次韻舍弟〉：「和風滿樹笙簧雜，霽雪兼山粉黛重。」形容風聲如笙簧協奏的樂曲，及大雪覆蓋山頂，形成白綠分明的景象。〈姑胥郭〉：「旅病惝惝如困酒，鄉愁脈脈似連環。」形容旅病昏沈及鄉愁不斷的樣子。〈離昇州作〉：「殘菊冥冥風更吹，雨如梅子欲黃時。」形容秋雨如梅雨。〈江寧夾口〉三首其一：「江清日暖蘆花轉，恰似春風柳絮時。」形容蘆花漫天飛舞之貌。〈送黃吉甫〉三首其三：「我如逆旅當還客，後會有無那得知。」以上律詩絕句中運用譬喻的例子。

二、擬人聯想

魏慶之《詩人玉屑》卷六引惠洪《冷齋夜話》：「唐詩有曰：『長因送人處，憶得別家時。』又曰：『舊國別多日，故人無少年。』而荊公東坡用其意，作古今不經人道語。荊公曰：『木末北山煙苒苒，草根南澗水泠泠。繰成白雪桑重綠，割盡黃雲稻正青。』東坡曰：『春畦雨過羅紈膩，夏壟風來餅餌香。』如《華嚴經》，舉果知因，譬如蓮花，方其吐花，而果具蕊中。造語之工，至於荊公、山谷、東坡，盡古今之變。荊公『江月轉空為白晝，嶺雲分暝作黃昏』，又曰『一水護田將綠遶，兩山排闥送青來。』東坡〈海棠詩〉曰：『只恐夜深花睡去，高燒銀燭照紅粧。』又曰：『我攜此石歸，袖中有東海。』山谷曰：『此詩謂之句中眼，學者不知此妙，韻終不勝。』」按：唐人句「長因送人處，憶得別家時」，是因送人觸發別家時的聯想。「舊國

別多日，故人無少年」，離鄉日久，想像故友都不再年輕。王安石詩「繰成白雪桑重綠，割盡黃雲稻正青」，以白雪喻蠶繭，以黃雲喻稻穗，均因顏色近似激發視覺上的聯想。蘇軾「春畦雨過羅紈膩，夏壟風來餅餌香」，是因色澤及氣味觸發視覺、觸覺與味覺方面的聯想。均係聯想作用。王安石「江月轉空爲白晝，嶺雲分暝與黃昏」、「一水護田將綠遶，兩山排闥送青來」，將大自然的種種現象與變化，和人的一舉一動聯想在一起，用人的動作加以比擬，使它生動含情，而月、雲、山、水都具有轉、分、護、排等人性化的動作。蘇軾「只恐夜深花睡去，故燒銀燭照紅粧」，將海棠擬爲美人，秉燭仔細諯詳它的容貌。「我攜此石歸，袖中有東海」，將石視爲宇宙山河的縮影。綜言以上數例，均出自文學家豐富的想像力，後面幾句還包涵擬人作用在內。

（一）擬　人

擬人與聯想，在意義上是有區別的。擬人法，據黃永武《字句鍛鍊法》：「將無知的事物寄以靈性，託爲有情，這是擬人法。」在詩句中運用擬人手法，或在詩句關鍵處，借助一精當的字眼，均可使平凡的句子煥然生輝。擬人法與譬喻、象徵，都和聯想作用分不開的。在王安石詩中擬人的詩句繁多，幾乎句句富於創造力，句句富於生動的韻致。如〈染雲〉：「染雲爲柳葉，剪水作梨花。不是春風巧，何緣有歲華？」詠嘆造物之神奇。將春風人格化，想像它擁有一雙巧手，能漂染出碧綠如雲的柳葉，能裁剪出潔白如水的梨花。〈蒲葉〉：「地偏緣底綠，人老爲誰紅。」將蒲葉與杏花人格化，問它爲誰而茂密蒼翠？爲誰而鮮妍美麗？實爲個人情感的投射。隱示極力推行新政，爲誰辛苦爲誰忙？最終落得怨謗叢集。含有象徵的意味在。〈芳草〉：「無心與時競，何苦綠匆匆？」將芳草擬爲奔競之小人，隱示超然無營，小人何苦視爲對手，加以排擠傾軋？〈春晴〉：「靜看蒼苔紋，莫上人衣來。」將滋長的蒼苔擬爲小人，警告它不要任意污蔑，作人身的攻擊。〈雜詠〉四首其一：「爲問揚州月，何時照我還？」月本無心，卻將故鄉圓月視爲有靈性的人類。〈半山春

晚即事〉:「春晚取花去,酬我以清陰。」將大自然人格化,能操制取予賞罰之權。〈定林院〉:「但留雲對宿,仍值月相尋。」將雲、月視爲伴侶,與之往還,出語自然。〈示無外〉:「鄰雞生午寂,幽草弄秋妍。」句拈出生、弄兩字眼,將雞叫聲劃破午后的寧靜,和花草在秋日下隨風搖擺的景象與境界,完全烘托出來了。〈雨中〉:「紫莧凌風怯,青苔挾雨驕。」下得怯字、驕字最好,將在風中抖怯,在雨中滋長的紫莧與蒼苔,描摹得十分生動。〈次韻張子野秋中久雨晚晴〉:「積陰消戶牖,反照媚林塘。」媚字下得大好,將夕照形容成美人回眸,風情無限。〈欹眠〉:「松聲悲永夜,荷氣馥初涼。」松風悲鳴,助人哀感。悲爲字眼。〈次韻唐公〉三首其三:「地大蟠三楚,天低入五湖。」蟠字、入字均爲字眼。〈自白土村入北寺〉二首其一:「溜渠行碧玉,畦稼臥黃雲。」行、臥二字爲句中眼。「薄槿臙脂染,深荷水麝焚。」染、焚二字爲句中眼。〈遊北山〉:「煙雲藏古意,猿鶴弄秋聲。」藏、弄二字爲句中眼。〈白雲然師〉:「苔爭庵徑路,雲補衲穿空。」爭字、補字亦字眼。以上爲五絕及五律。

　　〈誰將〉:「誰將石黛染春潮,復撚黃金作柳條。」與五絕〈染雲〉近似,將大自然擬人化。〈雪乾〉「換得千顰爲一笑,春風吹柳萬黃金。」寫春風神奇,吹得人們舒開眉頭、綻開笑顏不說,還能吹得柳絲如金絲萬縷。〈南浦〉:「南浦東崗二月時,物華撩我有新詩。」寫美景誘人,撩撥起人的詩興。〈陂麥〉:「更無一片桃花在,借問春歸有底忙?」將春天擬爲來去匆忙的行人,問它爲何急著回去,而將桃花一起帶走,一片也不留?〈悟眞院〉:「野水縱橫漱屋除,午窗殘夢鳥相呼。春風日日吹香草,山北山南路欲無。」野水能漱,鳥能相呼,春風能吹,都作擬人寫法,令人不由得要親近大自然。〈午枕〉:「窺人鳥喚悠颺夢,隔水山供宛轉愁。」鳥與山水似皆含情,能窺人喚人,能發人愁思。〈若耶溪歸興〉:「汀草岸花渾不見,青山無數逐人來。」觸目盡是青山,因想像青山如人,追隨而來。〈泊船瓜洲〉:「春風自綠江南岸,明月何時照我還?」春風年年吹過江南,都會帶來一片新綠,然而,什麼時

候月色才能爲我照亮回家的路途？春風、明月皆被賦予一種人的靈性。〈五更〉：「祇聽蛩聲已無夢，五更桐葉強知秋。」桐葉受風作響，強作解人，也是擬人手法。〈封舒國公三絕其三〉：「故情但有吳塘水，轉入東江向我流。」寫塘水有情，反襯桐鄉人之無情，明顯的具有擬人作用。〈松江〉：「祇有松江橋下水，無情長送去來船。」以江水之無情，反寫己之有情，己之失意。〈山櫻〉：「更有春風嫌寂寞，吹香渡水報人知。」形容春風之多情。〈出郊〉：「風日有情無處著，初回光景到桑麻。」形容風日如熱情四射的人。〈杏花〉：「獨有杏花如喚客，倚牆斜日數枝紅。」形容盛開的杏花，猶如熱情好客的主人。〈木芙蓉〉：「政似美人初醉著，強抬青鏡欲粧慵。」形容芙蓉半開，彷彿美人初醉的神態。〈池上看金沙花數枝過酴醾架盛開〉二首其二：「濃綠扶疏雲對起，醉紅撩亂雪爭開。」將酴醾金沙形容成美人，相互爭奇鬥艷。〈春雨〉：「春風過柳綠如繰，晴日烝紅出小桃。」過字、烝字皆字眼。〈山陂〉：「白髮春風惟有睡，睡間啼鳥亦生憎。」留連夢境，顯示對現實不滿，有逃避世俗之傾向。啼鳥被擬爲世間人們的流言誹謗。〈北山有懷〉：「傷心躑躅岡頭路，明日春風自往還。」形容春風獨步於故鄉的歸路，以示思鄉心切。也是擬人寫法。〈鍾山即事〉：「澗水無聲遶竹流，竹西花草弄春柔。」遶字、弄字皆句中眼。〈定林院昭文齋〉：「定林齋後鳴禽散，祇有提壺遶屋簷。苦勸道人沽美酒，不應無意引陶潛。」此爲禽言詩，將提壺鳥擬人化。〈出塞〉：「塞雨巧催燕淚落，濛濛吹濕漢衣冠。」以燕擬人。不言己落淚，卻說燕；不言淚濕衣衫，卻說雨淋濕漢衣冠，委婉深妙。〈次韻杏花〉三首其一：「野鳥不知人意緒，啄教零亂點蒼苔。」寫野鳥不解人們惜花之心。〈遇雪〉：「風雪豈知行客恨，向人更作落花飛。」寫風雪之無情，不解游子思歸心切。〈促織〉：「祇向貧家促機杼，幾家能有一綯絲。」將促織擬爲催租的稅吏。〈暮春〉：「楊花獨得東風意，相逐晴空去不歸。」將東風、楊花擬人化，寫二者之無情，有惜春之意。〈別灊皖〉：「攢峰列岫爭譏我，飽食頻年報禮虛。」形容高低起伏的山巒，如成行成隊的百姓，爭相指責作者。

〈寄育王大覺禪師〉：「山木悲鳴水怒流，百蟲專夜思高秋。」悲、怒、專皆字眼。形容怨怒之言排山倒海而來，朝中政權爲小人所把持。〈宣州府君喪過金陵〉：「花發鳥啼皆有思，忍尋常棣脊令詩。」悲傷兄長早逝，花鳥似皆含情帶淚。以上七絕。

〈自金陵至丹陽道中有感〉：「荒墟暗雞催月曉，空場老雉挾春驕。」《藝苑雌黃》以爲下得挾字最好，劉辰翁以爲麗句而有悽愴之至。兩句寫帝都早已消亡，如今荒蕪一片，只有雉雞空自挾春風以逞其驕氣威勢。〈寄吳成之〉：「辛夷屋角搏香雪，躑躅岡頭挽醉紅。」搏字、挽字皆字眼。〈次韻吳彥珍見寄〉二首其一：「樹外鳥啼催晚種，花間人語趁朝墟。」將鳥擬人化，能催促人播種。〈春風〉：「日借嫩黃初著柳，雨催新綠稍歸田。」借字、催字爲字眼。〈回橈〉：「數家雞犬如相識，一塢山林特見招。」將雞犬山林都視爲相識的朋友。〈讀眉山集次韻雪詩〉五首其四：「爭妍恐落江妃手，耐冷疑連月姊家。」雪能爭妍，能耐冷，皆人性化的表徵。〈讀眉山集愛其雪詩能用復次一首〉：「水種所傳清有骨，天機能織皦非花。」寫雪的身世品格，及其來歷形貌，自是擬人法。〈次韻徐仲元詠梅〉二首其一：「額黃映日明飛燕，肌粉含風冷太眞。」〈其二〉：「肌冰綽約如姑射，膚雪參差是太眞。」以美女擬梅花。〈與微之同賦梅花得香字〉三首其一：「不御鉛華知國色，祇裁雲縷想仙裝。」擬梅爲美女國色。〈金明池〉：「斜倚水開花有思，緩隨風轉柳如癡。」有思、如癡，均移情作用。〈葛溪驛〉：「鳴蟬更亂行人耳，正抱疏桐葉半黃。」抱字爲句中眼。〈到家〉：「猿鳥不須懷悵望，溪山應亦笑歸來。」亦移情作用。又如〈江上〉：「春風似補林塘破，野水遙連草樹高。」以上七律。

〈和吳沖卿雪詩〉：「飛揚類挾富，委翳等辭寵。」形容雪有時像飛揚跋扈趾高氣昂的富豪，有時又像垂頭喪氣受了冷落失寵的人。〈洖亭〉：「眾山若怨思，慘澹長眉青。迸水泣幽咽，復如語丁寧。」形容山水含情，如怨如泣如訴。〈和平甫舟中望九華山四十韻〉：「試嘗論天略，次乃述微纖。此山廣以深，包蓄萬物兼。噓雲吐霧雨，生育靡不漸。巍

然如九皇，德澤四海沾。此山相後先，各出群峰尖。毅然如九官，羅立在堂廉。挺身百辟上，附麗無姦憸。此山高且寒，五月不覺炎。草樹淒已綠，冰霜尚涵淹。頹然如九老，白髮連蒼髯。此山當無雲，秀色鬱以添。姹然如九女，靚飾出重簾。珮環與巾裾，紺玉青紈縑。遠之妍西施，近或醜無鹽。變態不可窮，詩者徒呫呫。」整齊之中寓有不整齊，爲參差句法。除毅然如九官一段爲八句，其餘九皇、九老、九女爲四句一段。形容九華山具有多重的面貌，遠看似美女，近看其醜無比，眞曲盡其妙。〈獨山梅花〉：「美人零落依草木，志士憔悴守蒿蓬。」將梅花比擬爲美人爲志士。〈獨歸〉：「於時荷花擁翠蓋，細浪嬲雪千娉婷。」擁字、嬲字均字眼。〈次韻和中甫兄春日有感〉：「嬌梅過雨吹爛熳，幽鳥迎陽語啾唧。」吹字、語字爲字眼。〈和沖卿雪并示持國〉：「爭光嫦娥妒，失色羲和恐。」當它和月亮爭光時，都會引起月亮妒忌；當它發怒翻臉的時候，連太陽都覺得惶恐。形容甚妙。以上古詩擬人之例。

（二）聯　想

　　所謂聯想，就是由某意象而聯想到另一個意象。許多漫不相關的事物透過詩人的意匠經營，都可以生出關係來。文學上，凡象徵、譬喻、擬人、託物，都與聯想脫離不了關係。除上述四種以外，王安石詩中還有一些運用聯想作用的例子，如〈過外弟飲〉：「一日君家把酒杯，六年波浪與塵埃。不知烏石崗邊路，至老相尋得幾回？」是一種不含擬人、託物、象徵、譬喻作用在內，而純粹由時間喚起的一種聯想，是一種推理的思考。又如〈蔣山手種松〉：「青青石上歲寒枝，一寸巖前手自栽。聞道近來高數尺，此身蒲柳故應衰。」經由樹身的高度，喚起年齡的聯想，因感悟身體的衰老。以蒲柳喻生命的短暫脆弱，另含譬喻。如〈送和父至龍安微雨因寄吳氏女子〉：「荒煙涼雨助人悲，淚染衣襟不自知。除卻東風沙際綠，一如看汝過江時。」經由熟悉的景色喚起之聯想。如〈望淮口〉：「白煙彌漫接天涯，黯黯長空一道斜。有似錢塘江上望，晚潮初落見平沙。」同是由景色相似喚起之聯想。

〈同熊伯通自定林過悟真〉二首其一：「與客東來欲試茶，倦投松石坐欹斜。暗香一陣連風起，知有薔薇澗底花。」經由空氣中飄來的幽香，喚起薔薇花的聯想。〈書湖陰先生壁〉二首其一：「桑條索漠柳花繁，風斂餘香暗度垣。黃鳥數聲殘午夢，尚疑身在半山園。」係由外在熟悉的情境所觸發之錯覺。〈入瓜步望揚州〉：「落日平村一水邊，蕪城掩映祇蒼然。白頭追想當年事，幕府青衫最少年。」係因地點引起年少時的記憶。〈題西太一宮壁〉二首其一：「柳葉鳴蜩綠暗，荷花落日紅酣。三十六陂春水，白頭想見江南。」因情境相似所喚起思鄉的情懷，其二：「三十年前此地，父兄持我東西，今日重來白首，欲尋陳跡都迷。」因地點關係興起人事全非的感慨。〈學士院燕侍郎畫屏〉：「六幅生綃四五峰，暮雲樓閣有無中。去年今日長干里，遙望鍾山與此同。」由畫中景致喚起對故鄉的思念。〈別皖口〉：「浮煙漠漠細沙平，飛雨濺濺嫩水生。異日不知來照影，更添華髮幾千莖。」由水中身影而興起之聯想。〈臨津〉：「臨津艷艷花千樹，夾徑斜斜柳數行。卻憶金明池上路，紅裙爭看綠衣郎。」因景色引起往事的回憶。〈次韻平甫金山會宿寄親友〉：「天末海門橫北固，煙中沙岸似西興。」因地形類似所興起之聯想。「已無船舫猶聞笛，遠有樓臺祇見燈。」因笛聲悠揚，燈火閃爍，而推想夜色之中，近處停舶了船集，遠方有高矗的樓臺。〈寄純甫〉：「想子當紅蕊，思家上翠微。」觸景而生情，顯然為聯想作用。以上為絕句律詩的例子，幾乎首首是好詩。

〈純甫出僧惠崇畫要予作詩〉：「旱雲六月漲林莽，移我翛然墮舟渚。」為觀畫時觸動之聯想，並牽連生理上對冷熱的反應。〈和吳沖卿鴉樹石屏〉：「鴉飛歷亂止且鳴，林葉慘慘風煙生。高齋日午坐中見，意似落日空山行。」由石屏所呈現之景象，喚起落日空山獨行的聯想。〈虎圖〉：「想當槃礴欲畫時，睥睨眾史如庸奴。神閑意定始一掃，功與造化論錙銖。」描寫畫虎大師下筆揮灑時的心情與神態，充分反映了王安石個人高不可測的想像力。又：「山牆野壁黃昏後，馮婦遙看亦下車。」虛擬之辭，也是出於想像。〈題燕侍郎山水圖〉：「往時濯

足瀟湘浦，獨上九疑尋二女。蒼梧之野煙漠漠，斷隴連岡散平楚。暮年傷心波浪阻，不意畫中能更睹。」由觀燕侍郎山水畫，喚起遙遠的從前遊歷瀟湘的一段記憶；再由瀟湘之地──這個古來去國懷鄉憂讒畏譏的騷人墨客聚居之所，牽動起其身世經歷的悲感。以上爲古詩之例。由詩中反映出豐富多變的想像力，並不輸於上列之絕句律詩。

此外，王安石詩中喜用代字，也是出於聯想作用。所謂代字，往往以另一近似之物比擬，或是以虛代實，以抽象代具體，以事物之性質代表事物的本身。

前者如〈金陵報恩大師西堂方丈〉二首其二：「蕭蕭出屋千竿玉，靄靄當窗一炷雲。」千竿玉代竹，一炷雲代香，係由顏色及形態近似而引起之聯想。〈招約之職方并示正甫書記〉：「跳鱗出重錦，舞羽墜軟玉，碧箭遞舒卷，紫角聯出縮。千枝孫嶧陽，萬本毋淇奧。滿門陶令株，彌岸韓侯薪。」跳鱗、舞羽、碧箭、紫角代指魚、鳥、荷、菱。孫嶧陽、毋淇奧、陶令株、韓侯薪代指桐、竹、柳、菜。〈次韻俞秀老〉：「解我蔥珩脫孟勞，暮年甘與子同袍。」蔥珩爲佩玉，孟勞爲魯寶刀之名。〈別馬秘丞〉：「奈何初見歡，鷁首已云北。」鷁首謂舟船。〈山行〉：「平頭均楚製，長耳嗣吳吟。」平頭謂奴僕，長耳謂驢。〈紅梨〉：「歲晚蒼官纔自保，日高青女尙橫陳。」蒼官代指松柏，青女代指霜雪。〈溝西〉：「若比濠梁應更樂，近人渾不畏舂鉏。」舂鉏代指鷺。〈木末〉：「繰成白雪桑重綠，割盡黃雲稻正青。」白雪代指蠶繭，黃雲代指稻穗。〈示俞秀老〉：「繰成白雪三千丈，細草遊雲一片愁。」此處白雪代指白髮。三千丈爲誇飾手法。

後者如：〈南浦〉：「含風鴨綠鱗鱗起，弄日鵝黃裊裊垂。」鴨綠代指春水，鵝黃代指水柳。〈次韻景仁雪霽〉：「委翳無多在，飄零更不飛。」委翳代指積雪，飄零代指雪花。〈杏花〉：「石梁度空曠，茅屋臨清炯。」以空曠代指曠野，以清炯代指清溪。〈與徐仲元自讀書臺上過定林〉：「橫絕潺湲度，深尋犖确行。」潺湲代指河流，犖确代指山林。〈到郡與同官飲〉：「瀉碧沄沄橫帶郭，浮蒼靄靄遙連閣。」

瀉碧謂清溪，浮蒼謂山色。用代字的作用，欲以新鮮詞彙取代爛熟的陳言，欲以晦澀的字面創造委婉含蓄的效果。然而，往往刻鏤過甚，難得幾首如〈南浦〉、〈杏花〉一般空靈出色之作。

三、用典翻案

詩中翻案，大抵掎摭故事或舊詩意，反其意而用之，是活用典故方式。主要目的是不隨古人言語，能自拓思路，不因襲陳言，矯然特出新意。

（一）據史實翻案

王安石翻案詩之內容，以詠史性質最多。清顧嗣立《寒廳詩話》：「證山最喜王半山詠史絕句，以爲多用翻案法，深得玉谿生筆意。」如〈明妃曲〉，「意態由來畫不成，當時枉殺毛延壽」二句，係根據南朝吳均《西京雜記》所載，而提出個人獨到的見解。《西京雜記》卷上：「元帝後宮既多，不得常見。乃使畫工圖其形，案圖召幸，諸宮人皆賂畫工，多者十萬，少者亦不減五萬，獨王嬙自恃容貌不肯與。工人乃醜圖之，遂不得見。後匈奴入朝，求美人爲閼氏，於是上案圖，以昭君行，及去召見，貌爲後宮第一，善應對，舉止閑雅，帝悔之。而名籍已定，方重信於外國，故不復更人。乃窮案其事，畫工皆棄市，籍其家資，皆巨萬，畫工有杜陵毛延壽，爲人形，醜好老少，必得其眞。安陵陳敞、新豐劉白、龔寬，並工爲牛馬飛鳥，亦肖人形好醜，不逮毛延壽，……同日棄市，京師畫工，於是殆稀。」人物最美的神情姿態向來是無法描摹傳達的，當年毛延壽被處死眞是冤枉啊！雖不見得符合史實，然而對人物畫家所面臨最大之困難與挑戰，卻有獨到且深刻的瞭解。

又如〈烏江亭〉，係根據〈題烏江驛〉「勝敗兵家事不期，包羞忍恥是男兒。江東子弟多才俊，卷土重來未可知。」所作之翻案詩。杜牧論勝負乃兵家常事，當年項羽兵敗垓下，假設烏江竟渡，秣馬厲兵，生聚教訓，則捲土重來，湔雪前恥，未必無望。於死中求活，推翻歷史上

項羽敗亡的定案。而王安石則據《史記・項羽本紀》所載史實:「項王至陰陵,迷失道,問一田父,田父紿曰左,左,乃陷大澤中,以故漢追及之。項王乃復引兵而東至東城,乃有二十八騎,漢騎追者數千人,項王自度不得脫,謂其騎曰:『吾起兵至今八歲矣,身七十餘戰,所當者破,所擊者敗,未嘗敗北,遂霸有天下。然今卒困於此,此天之亡我,非戰之罪也。今固決死,願爲諸君決戰,必三勝之,爲諸君潰圍,斬將刈旗,令諸君知天亡我,非戰之罪也。』……於是項王乃欲東渡烏江,烏江亭長檥船待,謂項王曰:「『江東雖小,地方千里,眾數十萬人,亦足王也,願大王急渡。今獨臣有船,漢軍至,無以渡。』項王笑曰:『天之亡我,我何渡爲?且籍與江東子弟八千人渡江而西,今無一人還,縱江東父兄憐而王我,我何面目見之。縱彼不信,籍獨不愧於心乎?』……乃自刎而死。」推翻杜牧假設虛擬之可能性。王安石詩「百戰疲勞壯士哀,中原一敗勢難迴。江東子弟今雖在,肯爲君王卷土來?」以爲項羽亡秦逐鹿中原,百戰百勝而輕用其鋒,以致兵力疲敝。當垓下一役失敗,被漢軍所圍困,項羽蓋世英名掃地無餘,八千江東子弟且無一人生還,已經喪失人心,情勢再無轉圜的餘地,即使項羽忍辱包羞,卷土重來,又有誰肯依附他呢?杜牧把握包羞忍恥四字加以發揮;王安石則緊扣百戰疲勞壯士哀一個主意,強調叱咤風雲的楚霸王,最後落得眾叛親離的下場,已毫無重來的可能性。各有千秋。通過〈烏江亭〉對項羽的評價,「含蓄地表露了他對自己事業正義性的堅強信念」(周錫䪖説)。王安石早期詩,有揚棄悲觀心理的傾向,有所謂「少年憂患傷豪氣」及「意氣未宜輕感慨,文章猶忌數悲哀」之論;而晚年〈烏江亭〉卻出此悲觀沈哀之語,可能與新法推行受阻罷相隱居之遭遇有關。

又如〈賜也〉一首,據《石林詩話》載其由來始末:「舊中書南廳壁間,有晏元獻題詠〈上竿伎〉一詩云:『百尺竿頭裊裊身,足騰跟挂駭旁人。漢陰有叟君知否?抱甕區區亦未貧。』當時固必有謂。文潞公在樞府,嘗一日過中書,與荊公行至題下,特遲留誦詩,久之亦未能無意也。荊公他日復題一篇於後,云:『賜也能言未識眞,

誤將心許漢陰人。桔槔俯仰妨何事？抱甕區區老此身。』晏殊詩典
出《莊子・天地篇》：「子貢南遊於楚，反於晉，過漢陰，見一丈人
方將爲圃畦，鑿隧而入井，抱甕而出灌，搰搰然用力甚多而見功寡。
子貢曰：『有械於此，一日浸百畦，用力甚寡而見功多，夫子不欲乎？』
爲圃者卬而視之曰：『奈何？』曰：『鑿木爲機，後重前輕，挈水若
抽，數如泆湯，其名爲槔。』爲圃者忿然作色而笑曰：『吾聞之吾師，
有機械者必有機事，有機事者必有機心，機心存於胸中，則純白不
備；純白不備，則神生不定；神生不定，道之所不載也。吾非不知，
羞而不爲也。』子貢瞞然慚，俯而不對。」同意子貢露巧不如守拙
的思想。且批評新法猶如上竿之伎，倒行逆施，必然引起全國性的
騷動和恐慌。王安石〈賜也〉則批評子貢附和漢陰老人的作法是錯
誤的愚昧的。桔槔，運用一些簡單器械的原理，可以便利灌溉，改
善生活，與人民運用智巧機心有什麼必然的關聯？同時，間接地予
非議新法之人以有力的駁斥。用典十分的靈活。

又如〈窺園〉：「杖策窺園日數巡，攀花弄草興常新。董生只被
《公羊》惑，肯信捐書一語眞。」係根據《漢書・董仲舒傳》一段
記載所作的翻案文章。〈董仲舒傳〉：「少治《春秋》，孝景時爲博士，
下帷講誦。弟子傳以久次相授業，或莫見其面，蓋三年不窺園，其
精如此。」王安石一反人們對漢朝赫赫有名的大儒董仲舒的尊崇態
度，對他脫離實際，三年不窺園的治學方法表示不滿。當是有感司
馬光一派人死抱書本、不識時務的風氣而發。周錫韍闡說明白扼要。

又如〈桃源行〉，歷來詩人都根據陶淵明〈桃花源記〉加以敷衍，
如王維〈桃源行〉。「初因避地去人間，及至成仙遂不還」，視桃源中
人爲神仙。王安石「望夷宮中鹿爲馬，秦人半死長城下。避世不獨
商山翁，亦有桃源種桃者。此來種桃經幾春，採花食實枝爲薪。兒
孫生長與世隔，雖有父子無君臣。」闢除幻想成分，而予桃源中人
的身分來歷一合理的解釋。原來是逃避秦代暴政而來山中，其後子
孫世世代代居於桃花源中，因與世隔絕。「雖有父子無君臣」句，劉

辰翁：「閑處著褒貶。」〈桃源行〉與〈登大茅山〉、〈九井〉，充分表現王安石重視理性，其決心破除對鬼神盲目崇信的心理是一致的。

又如〈讀蜀志〉：「無人語與劉玄德，問舍求田意最高」二句，就《三國志・呂布傳》中劉備謂許汜語翻案。「許汜言，陳元龍豪氣不除，謂昔過下邳見之，元龍無主客禮，久不與語，自上大床，使客臥下床。劉備曰：『君有國士之名，今天下大亂，帝王失所，望君憂國忘家，有救世之意，而君求田問舍，言無可采，是元龍所諱也。何緣當與君語？如小人欲臥百尺樓上，臥君於地，何但上下床之間邪？』」求田問舍的典故，王安石詩中屢用，如〈遊栖霞庵約平甫至因寄〉、〈世事〉、〈次韻酬朱昌叔〉、〈寄吉甫〉、〈次韻鄧子儀〉、〈示董伯懿〉、〈次韻酬宋玘〉、〈寄平父〉、〈次韻舍弟常州官舍應客〉、〈送純甫如江南〉、〈平甫如通州寄之〉、〈寄虞氏兄弟〉、〈默默〉、〈和楊樂道韻〉、〈次韻葉致遠〉等。黃徹《䂬溪詩話》卷二：「豈非力欲轉此一重案歟？」王安石求田問舍的動機，於〈世事〉一詩有所說明：「老圃聊須問，良田亦欲求。非關畏戮冤，無責易身脩。」並非畏懼罷官而預留退路；而是沒有後顧之憂，可以盡心於朝廷所託付的重責大任。

又如〈范增二首〉：「中原秦鹿待新羈，力戰紛紛此一時。有道弔民天即助，不知何用牧羊兒。」「酅人七十謾多奇，為漢敺民了不知。誰合軍中稱亞父，直須推讓外黃兒。」據《史記項羽紀》翻案。「居酅人范增，年七十，素居家，好奇計，往說項梁曰：『陳勝敗固當。夫秦滅六國，楚最無罪，自懷王入秦不反，楚人憐之至今，故楚南公曰：楚雖三戶，亡秦必楚也。今陳勝首事，不立楚後而自立，其勢不長。今君起江東，楚蜂起之將，皆爭附君者，以君世世楚將，為能復立楚之後也。』於是項梁然其言，乃求楚懷王孫心，民間為人牧羊，立以為楚懷王，從民所望也。」范增建議項梁擁立楚懷王孫心為王，以取得人心。王安石很不以范增的計策為然，主張實行王道，解除疾苦，才是獲得民心，進而掌握政權的正當手段。「乃東行擊陳留、外黃，外黃不下。數日，已降，項王怒，悉令男子年十

五已上詣城東欲阬之。外黃令舍人兒年十三，往說項王曰：『彭越強劫外黃，外黃恐，故且降，待大王。大王至，又皆阬之，百姓豈有歸心？從此以東梁地十餘城皆恐，莫肯下矣。』項王然其言，乃赦外黃當阬者。東至睢陽，聞之皆爭下項王。」批評范增七十歲，好施奇策，乃十三歲外黃小兒亦不如。楚漢爭勝，不知如何輔佐項羽收服人心。反寫項羽不善任人。曾季貍《艇齋詩話》：「詠史有此等議論，它人所不能及。」說明了王安石宰輔光明而磊落之氣象。

（二）據舊詩句及成語翻案

翻案手法也常出現在詠物和抒懷的內容。

如〈梅花詩〉：「墻角數枝梅，凌寒獨自開。遙知不是雪，爲有暗香來。」由古樂府「庭前一樹梅，寒多未覺開。祇言花似雪，不悟有香來。」脫化而出。楊萬里《誠齋詩話》以爲「述者不及作者」，錢鍾書《談藝錄》以爲「活者死矣，靈者笨矣」；而方回《瀛奎律髓》卷二十：「花是雪與花似雪，一字之間，大有逕庭。知花之似雪，而云不悟香來，則拙矣；不知其爲花，而視以爲雪，所以香來而不知悟也。荊公詩似更高妙。」以爲述者竟勝作者。按二詩皆運用邏輯推理，區分雪與梅相異之處，古樂府語稍有轉折；而王安石則乾脆直接地說破，較乏含蓄韻致。但王安石詩字面較工。

又如〈鍾山即事〉：「茅簷相對坐終日，一鳥不鳴山更幽」二句，翻用王籍「蟬噪林逾靜，鳥鳴山更幽」之詩意。王籍句以蟬噪鳥鳴來烘托山林寂無聲音的境界，出語自然。王安石句溶入了主觀悲哀憤懣的情緒，託意遙深，無理而妙，萬不可作尋常翻案出奇、或竄改他人詩作以求工視之。〈老樹〉：「古詩鳥鳴山更幽，我念不若鳴聲收。」涵義相同，都是罷相之初所作。

又如〈次韻唐公〉三首其三：「慷慨秋風起，悲歌不爲鱸。」翻用《世說新語・識鑒門》中張季鷹之語，參見前章。

又如〈千蹊〉：「但有興來隨處好，楊朱何苦涕橫流。」據《淮南

子》：「楊朱見歧路而哭之，謂其可以南可以北，傷其本同而末異也。」反其意而用之，表現悠游自適的意趣。

又如〈東皋〉：「肘上柳生渾不管，眼前花發即欣然。」翻用白居易〈病眼花〉：「花發眼中猶足怪，柳生肘上亦須休。」之語，以示欣然開悟。典出《莊子・至樂篇》：「支離叔與滑介叔觀於冥伯之丘，崑崙之虛，黃帝之所休。俄而柳生其左肘，其意蹶蹶然惡之。支離叔曰：『子惡之乎？』滑介叔曰：『亡，予何惡！生者，假借也；假之而生生者，塵垢也。死生爲晝夜。且吾與子觀化而化及我，我又何惡焉！』」

又如〈戲城中故人〉：「城郭山林路半分，君家塵土我家雲。莫吹塵土來污我，我自有有雲持贈君。」及〈定林寺〉：「且憑東南風，持寄嶺頭雲。」反用陶弘景詩話。李壁注引《談藪》：「陶弘景隱居華陽，高祖問之曰：『山中何所有？』弘景賦詩答之曰：『山中何所有？嶺頭多白雲。但可自怡悅，不堪持贈君。』」王安石所要表現的是山林隱居之樂。

又如〈夢〉：「黃梁欲熟且留連，漫道春歸莫悵然。胡蝶豈能知夢事，蘧蘧飛墮晚花前。」首句活用《異聞集・枕中記》之故事。〈枕中記〉內容敘述唐開元中，道人呂公常往來邯鄲，有書生姓盧同止逆旅。主人方煮黃梁，共待其熟，盧生不覺長嗟。呂問之，具言生世之困，呂取囊中枕以授盧，曰：「枕此當榮，適如願。」生俛首即夢入枕穴中，遂見其家，未幾登第，歷臺閣，出入將相，五十年子孫皆顯仕。忽欠伸而寤，黃梁猶未熟，謝曰：「先生以此窒吾欲耳。」自此不復求仕。集中〈游土山示蔡天啓祕校〉、〈示寶覺〉二首其二、〈全椒張公有詩在北山西庵僧壻塽之悵然〉、〈中年〉、〈與耿天騭會話〉、〈萬事〉、〈同陳和叔北山遊〉、〈懷鍾山〉屢用之，或用「邯鄲夢」之詞，出典皆同。「胡蝶豈能知夢事」二句，反用《莊子・齊物論》之典：「昔者莊周夢爲胡蝶，栩栩然胡蝶也，自喻適志與！不知周也。俄然覺，則蘧蘧然周也。不知周之夢爲胡蝶與？胡蝶之夢爲周與？周與胡蝶則必有分矣。此之謂物化。」此典又見〈游土山示蔡天啓秘校〉、〈用前韻戲贈葉致遠直講〉、〈自喻〉等詩。

又如〈送陳靖中舍歸武陵〉：「知君欲上武陵西，水自東流人自西。到日桃花應已謝，想君應不爲花迷。」翻用〈桃花源記〉之典。

四、連綿字

連綿字通常包括疊字、雙聲、疊韻，以及聯邊複詞等，王安石詩中甚愛用之。以疊字種類最多，使用最頻密，疊韻和雙聲其次，可謂王安石詩的特色之一。

（一）疊　字

疊字又名重言，是以兩個相同的字來摹擬事物的聲音、形狀或動態。當運用單字不足以盡其形態傳其精神時，以重言疊字來表現，往往可以收到「摹景入神」或「天籟自鳴」的效果。

如〈雨花臺〉：「新霜浦溆綿綿白，薄晚林巒往往青。」最爲葉少蘊《石林詩話》所稱許。上句綿綿二字形容結霜時，水邊一片白茫茫的景象。下句用往往二字，形容傍晚的山林，經常顯得青蒼翠綠。上句寫的是空間，下句寫的是時間。綿綿、往往都是尋常的字，經王安石引用，便覺不凡，形成了傳神而又空靈的效果。

又如〈南浦〉：「含風鴨綠粼粼起，弄日鵝黃裊裊垂。」上句用粼粼二字形容微風拂過水面時所興起的細縐波紋，下句用裊裊二字摹擬柳絲隨風搖曳時柔美的姿態，均以極細微的動態來象徵大自然不息的生機。

如〈示長安君〉：「草草杯盤供笑語，昏昏燈火話平生。」用草草、昏昏二疊字，便將兄妹久別重逢，燈下餐敍的場面烘襯出來了。如無此四字，想見句子將是如何板滯。草草，形容隨便準備了些酒菜，表示吃些什麼並不重要，難得的是手足間那份情誼，內心裡那份喜悅。昏昏，形容闊別已久，見面有聊不完的話題，說著說著，不覺燈火已經昏黃，以示二人沈浸在融洽的氣氛之中。

如〈送呂望之〉：「池散田田碧，臺敷灼灼紅。」用田田、灼灼兩個含有顏色的疊字，重複形容池中綠油油的荷葉，和臺上漫然一片灼

紅的花海。顏色的對比強烈，鮮妍而大膽。如〈半山春晚即事〉：「翳翳陂路靜，交交園屋深。」承上句清陰二字而來，翳翳、交交形容陂路與園屋在濃蔭密佈下，份外有一種清涼僻靜之感。如〈午睡〉：「簷日陰陰轉，床風細細吹。」陰陰形容日影緩緩移動，不易察覺，細細形容風之輕微。二疊字營造出夏日午后舒適的睡眠環境。如〈題舒州山谷寺石牛洞泉穴〉：「水泠泠而北出，山靡靡以旁圍。」泠泠形容泉水源源不絕之貌，並狀其聲響。靡靡形容山勢連綿的樣子。如〈寄蔡天啓〉：「佇立東岡一搔首，冷雲衰草暮迢迢。」迢迢，表示長遠的樣子，形容暮色下，衰草伸向無邊無際的黑暗裡。將作者無邊寂寞的心境表露無遺。

其餘如〈夜直〉：「金爐香盡漏聲殘，剪剪輕風陣陣寒。」〈北山〉：「北山輸綠漲橫陂，直塹回塘灩灩時。」〈清明輦下懷金陵〉：「院落日長人寂寂，池塘風慢鳥翩翩。」〈姑胥郭〉：「旅病惛惛如困酒，鄉愁脈脈似連環。」〈段氏園亭〉：「漫漫芙蕖難覓路，翛翛楊柳獨知門。」〈如歸亭順風〉：「春江窈窈來無地，飛帆浩浩窮天際。」〈雜詠〉六首其五：「小雨蕭蕭潤水亭，花風颭颭破浮萍。」〈次韻吳季野再見寄〉：「流俗尚疑身察察，交游方笑黨頻頻。」〈晚興和沖卿學士〉：「剡剡風生晚，娟娟月上初。」〈獨飯〉：「栩栩幽人夢，夭夭老者居。」〈秋日不可見〉：「栗栗澗谷風，吹我衣與裳。娟娟空山月，照我冠上霜。」〈和平甫舟中望九華山四十韻〉：「精神去豐豐，氣象來漸漸。」〈次韻約之謝惠詩〉：「何膠膠擾擾，而紛紛籍籍。」有的尖新，有的精切。

統計王安石所使用之疊字將近二百五十種。茲將有疊字羅列如下，以供參考。

紛紛、漠漠、冥冥、兢兢、萋萋、侃侃、翛翛、滔滔、綿綿、鱗鱗、裊裊、招招、渙渙、泄泄、赫赫、遙遙、宛宛、陰陰、時時、劫劫、喋喋、往往、飄飄、峨峨、跕跕、惛惛、帖帖、呦呦、蕭蕭、脈脈、迢迢、青青、擾擾、種種、蕩蕩、逃逃、娟娟、泠泠、念念、壞壞、奄奄、日日、黃黃、惺惺、爐爐、潺潺、區區、暉暉、翳翳、歲

歲、年年、離離、元元、拳拳、凜凜、揚揚、嚴嚴、靄靄、稍稍、颯颯、慘慘、家家、草草、寥寥、稠稠、悠悠、昏昏、皎皎、眇眇、婉婉、忽忽、堂堂、洋洋、穰穰、茫茫、窶窶、渾渾、重重、惻惻、繆繆、斑斑、栖栖、𩇕𩇕、渺渺、物物、軒軒、轢轢、團團、采采、霍霍、栗栗、粲粲、蚩蚩、諄諄、英英、匆匆、漫漫、州州、處處、攘攘、茸茸、蒼蒼、犖犖、去去、奕奕、烈烈、浩浩、泛泛、榛榛、激激、鬱鬱、亭亭、嗷嗷、泯泯、訹訹、察察、冉冉、施施、披披、潏潏、逢逢、坎坎、沄沄、喧喧、明明、促促、森森、曈曈、纍纍、轆轆、豐豐、漸漸、呫呫、兀兀、厭厭、濺濺、營營、懍懍、搖搖、翩翩、呦呦、坦坦、行行、翩翩、苺苺、藹藹、摵摵、啾啾、暖暖、靡靡、窈窈、矯矯、芊芊、生生、皇皇、滿滿、淙淙、源源、舒舒、汲汲、呱呱、困困、津津、薛薛、悽悽、濛濛、疏疏、栩栩、夭夭、淒淒、湛湛、菲菲、剡剡、戀戀、依依、灩灩、黯黯、隱隱、撲撲，灼灼、幽幽、三三、粼粼、星星、巉巉、鬖鬖、殖殖、細細、軋軋、田田、潭潭、兩兩、累累、駸駸、瑟瑟、寂寂、瑣瑣、濕濕、轔轔、洄洄、事事、遒遒、稜稜、望望、嗟嗟、鮮鮮、浮浮、淺淺、燷燷、頻頻、款款、薪薪、叢叢、短短、層層、纖纖、衰衰、歷歷、的的、踽踽、泱泱、轍轍、剪剪、陣陣、便便、默默、蓬蓬、惓惓、滑滑、落落、傲傲、艷艷、斜斜、交交、杳杳、沈沈、莽莽、好好、恬恬、噎噎、颱颱、膠膠擾擾、紛紛籍籍、朝朝暮暮、紛紛擾擾。

（二）雙聲　疊韻　合義複詞　聯邊複詞

　　所謂雙聲，是指兩字的聲母相同，如彷彿、惆悵、歷亂、展轉等。所謂疊韻，是指兩字的韻母相同。如淅瀝、黯黮、慷慨、丁寧等。所謂合義複詞，是合兩字為一意的詞彙，有同義複詞與反義複詞兩種，如詰曲、飛揚、契闊。所謂聯邊複詞，是兩個偏旁相同之字所組成的詞彙，如彷彿、淅瀝外，還有邂逅、滂沱、怊悵、寂寞等。這些衍聲複詞或非衍聲複詞，除了有詞彙優美的特性，還往往兼具和諧的聲

音。王安石在對偶中的運用，往往以雙聲對疊韻，或以疊韻對聯邊複詞，並不十分拘束，然而往往恰到好處。

如〈登寶公塔〉：「鼠搖岑寂聲隨起，鴉矯荒寒影對翻。」爲雙聲字相對。岑寂摹狀寂靜無聲的境界，荒寒摹狀曠野荒涼的景象，二句烘托出夜間曠野之空幽，以與鼠搖，鴉矯形成動靜的對照，十分靈動。〈午枕〉：「窺人鳥喚悠颺夢，隔水山供宛轉愁。」悠颺爲合義複詞，形容夢境之悠遠甜美，宛轉爲疊韻，摹狀千迴百折的愁思。聲情爲一，十分傑出。〈散髮一扁舟〉：「愛此露的皪，復憐雲綺靡。」的皪、綺靡都是疊韻，分別形容露珠的圓潤，及雲彩之綺麗可愛，變幻無窮。〈葛溪驛〉：「坐感歲時歌慷慨，起看天地色淒涼。」慷慨爲雙聲，又與淒涼均聯邊複詞。結合主觀心情與客觀景色，情調渾一。〈池上看金沙花數枝過酴醾架盛開〉二首其二：「濃綠扶疏雲對起，醉紅撩亂雪爭開。」以疊韻對雙聲。扶疏形容枝葉茂密之狀，撩亂形容金沙花與酴醾爭妍的媚態。〈次韻曾子翊赴舒州官見貽〉：「一水碧羅裁繚繞，萬峰蒼玉刻屛顏。」爲疊韻字相對。繚繞摹擬水回環曲折之狀，屛顏形容山勢高聳險峭之狀。〈舒州七月十七日雨〉：「淅瀝未生羅豆水，蒼茫空失皖公山。」淅瀝爲疊韻，形容稀疏小雨之聲。蒼茫也是疊韻，形容山色濛濛，在若有似無之間。〈李璋下第〉：「意氣未宜輕感慨，文章猶忌數悲哀。」慷慨、悲哀均疊韻，爲描摹抽象之心情的形容詞。〈讀史〉：「當時黯黮猶承誤，末俗紛紜更亂眞。」以疊韻字相對，又都是聯邊複詞。黯黮形容是非黑白不明的樣子，紛紜形容眾說不一，紛亂如絲。〈寄張氏女弟〉：「心折向誰論宿昔，魂來空復夢平生。」「音容想像猶如昨，歲月蕭條忽已更。」宿昔、平生、想像、蕭條，都是尋常的辭彙，卻使詩句產生了格外和諧順暢的音響效果。

餘如〈書湖陰先生壁〉二首其一：「桑條索漠柳花繁，風斂餘香暗度垣。」這是獨用的例子，索漠形容桑葉稀疏之貌。〈欲歸〉：「塞垣春錯莫，行路老侵尋。」〈牧笛〉：「超遙送逸響，誕漫寫眞意。」〈暮春〉：「芙蕖的歷抽新葉，苜蓿闌干放晚花。」〈松江〉：「五更縹

緲千山月，萬里淒涼一笛風。」〈寄王回深甫〉：「窗間暗淡月含霧，船底飄颻風送波。」〈題徐熙花〉：「徐熙丹青蓋江左，杏枝偓佺花婀娜。」〈寄蔡氏女子〉二首其一：「柳蔫綿分含姿，松偓佺分獻秀。」〈春日晚行〉：「隔淮仍見裊裊垂，佇立怊悵去年時。」〈與望之至八功德水〉：「念方與子違，懷恍夜不眠。」〈次韻和中甫兄春日有感〉：「嬌梅過雨吹爛熳，幽鳥迎陽語啾唧。」〈泲亭〉：「迸水泣幽咽，復如語丁寧。」〈獨山梅花〉：「美人零落依草木，志士憔悴守蒿蓬。」〈汝瘦和王仲儀〉：「臌脆常柱頤，伶仃安及脛。」「膨脝廁元首，臃腫異顧頂。」〈移桃花示俞秀老〉：「枝柯蔫綿花爛熳，美錦千兩敷亭皋。」〈憶蔣山送勝上人〉：「雲埋樵聲隔蔥蒨，月弄釣影臨潺湲。」〈同王濬賢良賦龜得升字〉：「北歸與俱度大庾，兩夫贔屭苦不勝。」

統計王安石所使用之雙聲、疊韻及聯邊複詞等亦達二百五十種以上。茲將所有羅列如下，以供參考：

零落、乖闊、展轉、流離、渺莽、躕躇、冉荏、腀脟、彷彿、摧藏、崎嶇、礐磚、留連、乖睽、歘歙、乖隔、坎坷、崛強、磊落、蒼卒、侗儻、枯槁、歷亂、詭譎、淋漓、差池、鞊轞、參差、惚恍、惆悵、蒼翠、想像、黽勉、夢寐、飣餖、牢落、淋浪、啾唧、霂霈、璀璨、清淺、蒙密、錯雜、閃爍、卷曲、冥茫、芳菲、荒寒、纏連、淼漫、咫尺、玲瓏、流落、撩亂、嶇嶔、零亂、慷慨、間關、優游、偓佺、婀娜、贔屭、懷恍、黯黕、窈窕、丁寧、慘澹、蔫綿、顛眴、娉婷、落魄、坡陀、捷業、岌嶪、從容、爛熳、徘徊、腕晚、膨脝、淅瀝、睍睆、放浪、摩挲、點檢、的皪、逍遙、蹣跚、孱顏、聯翩、睢盱、睥睨、槎牙、卓犖、汗漫、慈惠、琢磨、慇懃、綢繆、倉黃、盤桓、繾綣、逡巡、齟齬、蕭條、徜徉、青冥、呻吟、蜿蜒、崔嵬、倏忽、縹緲、婆娑、約略、酩酊、雜遝、涕洟、綺靡、蹭蹬、甌窶、莽蒼、等箸、略彴、潺湲、蹁躚、嬋娟、扶疏、芊綿、超遙、誕漫、侵尋、浪荒、巄嵷、碣礐、檀欒、宛轉、倏忽、鴻蒙、崢嶸、悵望、離披、披靡、陰森、盜蹠、紛紜、伶仃、臃腫、須臾、蕭騷、錯莫、沆

碭、感慨、盪漾、壙埌、繽紛、綽約、渙散、繚繞、漂搖、窳窱、宛延、暄暖、寬閑、葳蕤、霹靂、悲哀、泛濫、平生、蹉跎、翠微、縱勇、岩嶢、蒼茫、蒙茸、澹淡、飄颭、玫瑰、散漫、攀翻、妖饒、岶隨、邯鄲、闌干、黃梁、索漠、婉娩、婭奼、的歷、嬌饒、幽咽、委蛻、踴躍、悠颺、掩映、淹留、怊悵、岑寂、清曠、寂寞、邂逅、幽尋、狼藉、飛揚、委翳、飄零、棲遲、詰曲、飄忽、瀺灂、磊砢、訇磕、砌磋、瀟洒、嫵媚、憔悴、蕭瑟、透迤、遭迴、紛披、懇惻、俶儻、烜赫、漫浪、蕭索、酬酢、犖确、滂沱、嶜嵾、騫回、峨巍、嶇崒、膃腞、寂寥、風騷、蕪沒、嘔啞、蕭颯、嫦娥、阻闊、崦靄、遲回、炫晃、契闊、浩蕩、依違、銷沈、悲壯、毱毶、低回、嘯歌、青春、糾紛、宿昔、瘠瘦、淒涼、杳靄、次第、欹斜。

第七章 結 論

　　經由前面五個章節的研究分析，對於王安石之時代及其人其詩，我們可以歸納爲下面幾點結論。

　　一、王安石出身的時代，是宋眞宗天禧五年到哲宗元祐元年。這六十六年間，在表面上，宋朝是維持一個太平無事的局面，然而實際上，卻是內外交迫，危機四伏。在內政上中央集權而又重文輕武的結果，形成大量的冗兵冗員，造成財政上沈重的負荷；在國防上強幹弱枝之策，使得宋朝武威不振，兵備廢弛，以致契丹、西夏連年侵擾，只有許以歲幣，求一時之苟安。在這種積弱不振的情勢下，有識之士如王禹偁、范仲淹相繼提出改革變法的主張，力圖振衰起弊。而在政治尋求自強改革之際，文學運動也隨之而展開。文壇上大張起反西崑的旗幟，高唱著復古革新的主張。歐陽脩爲一時文壇宗匠，領導梅聖俞、蘇舜欽等從事改革。他推崇韓愈之詩，專以氣格爲主，主鍊意而輕修辭，欲以平易疏暢取代西崑之富縟，建立屬於有宋一代的詩風。這樣的政治情勢，及這波文學潮流，可能對一位超時代超派別的作者起不了什麼作用，但是對王安石個人，無論在政治上的作爲，以及詩歌藝術上的創作，都有極大的關聯，產生相當的作用和影響。

　　二、王安石出身平民，早年失怙，但是他有很高的才華，與廣博的學識、遠大的抱負。在仕途上，考中進士以後，先在地方上爲官，

他深入各地，考察民情，體恤民瘼，然後理性地反映，提出興革的意見。他不願求試館職，自願留在地方，每每受到的詆譭總多於讚賞。仁宗時曾上萬言書，爲後來變法的藍圖，可是如石沈大海，杳無回響。直到仁宗崩逝，他都沒有受到重用。神宗即位，勵精圖治，召王安石爲翰林學士，賞識其才，任參知政事，倚重變法，王安石的政治理想終於有機會得以實現，而變法的措施也逐步推向全國各地。他的人品很高，對自我要求也很嚴謹，只是理想太高，忽略現實，加上個性兀傲自信，一意孤行，不肯妥協，以致演爲激烈的黨爭。舊黨處處採取不合作杯葛的態度，新法處處遭到阻格，最後天象人事都出現不好的現象，於是被迫去職。翌年雖復拜宰相，但沒有多久就黯然退隱了。這個失敗的經歷，對王安石的人生而言，無疑是一次無比重大的挫折與打擊。他的政治前途是走到了終點，心情也感到憤憤不平，抑鬱寡歡，然而，由煊赫歸於平淡，從紛擾恢復到沈寂，閑淡的生活，反而造就他詩歌藝術上光耀非凡的成就，當代大詩人蘇軾、黃庭堅都欽佩他。他曾說過：「數窘乃見詩人才」，又說「塗窮往往始能文」，延續歐陽脩「詩窮而後工」的理論。這裡所謂的窮、窘，不僅解釋成物質上經濟上的貧窮匱乏，也包括了人生境遇上的困阨、失意。晚年鍾山詩，正可作爲這個理論的註腳。也因此，罷相成爲他早年和晚年詩風轉變的分水嶺。由於現有的王安石年譜大都簡略，即使考證精審如《王荊公年譜考略》，也不免偶有錯誤，更不曾有人爲王安石詩做過作品繫年的工作。僅憑少數詩有作者自注或李壁所注之年月，而李壁〈注〉也發現有訛誤，所以研究王安石倍感困難。所以對王安石生平經歷下基礎的工夫，從事根本的研究，便顯根外的必要了。掌握有關的背景資料，據以判斷創作時間，對詩的欣賞詩意的解讀，都有莫大的助益。

　　三、王安石詩早晚風格不同。早年由於才氣發揚，並響應歐陽脩的詩歌改革運動，力主濟世致用，故不厭淺露，有以文字爲詩，以議論爲詩，逞才學、搬典故，好用僻字險韻的傾向。他藉著古體，不只詠史抒懷而已，還用來論政與說理，數量之多，是過去詩家不曾有過

的，這與他個人的抱負有關。稍後在京中為官，風氣使然，多作律體，仍以詠史抒懷的內容為主，應酬之作增加，而論政漸減。詩法謹嚴，對偶工整，喜歡溶入一些散文風格。拗折的句法，拗峭的聲調，自有出奇制勝的效果。勁健有餘，唯稍乏韻致。這段時期，不論學韓歐、學老杜，或學李商隱，作品呈現不同於唐代的一種雄直遒峭的詩風，對江西派起了很大的啟示作用。至於晚年，詩法愈趨純熟，講究修辭，偏好採用那易於宛轉達情的五七絕作為創作體裁，以寄託其失意政治家孤獨悲涼的心情。閑適抒情之作，在比興手法巧妙的隱形下，情意顯得特別含蓄蘊藉，而他所擅長的詠史翻案，義理更趨於精深創闢，呈現出整體精深華妙的風格。在唐朝王維之外，並摻有六朝陶、謝的風氣。不僅樹立個人獨特的風格，並達到宋人詩歌藝術上極高的成就。《漫叟詩話》所推崇的定林詩，即是這個時期的作品，許顗甚至形容鍾山詩超邁絕倫，能追逐李杜陶謝。既殊於眉山、江西，且足與唐代六朝詩人齊驅的傲人成就！只因為學者不多，未被發揚，以致詩史上的地位，臨川總被摒於眉山、江西並稱之外。不過，晚年也有若干雕鏤過於精細以致傷於工巧的作品，是必須加以別擇的。

　　四、王安石的詩，內容題材非常豐富。以論政詩、詠史詩、閑適詩、說理寓理之作、抒情詩、題畫詩、詠物詩、登臨題及寓言為主。論政詩，有的反映社會民生，有的論說政治，往往以從政者的立場和眼光出發，目的不在以情感動人，而是以理性的態度提出個人興革的意見，喚起朝廷的重視，為王安石早期的代表性作品。帶著實用的內容，諷諭的作品，有條理的章法，疏暢平易的語言，具有濃厚的散文氣息，是它的特色。若要論藝術上的境界，往往並不很高。如〈兼并〉、〈收鹽〉。詠史詩主要有客觀的評論史事，與主觀情志的寄託兩種，它們的共同點是喜用翻案手法。前者以思想新穎出色，後者往往非尋常單純的詠史，是以內容涵義深刻取勝。〈明妃曲〉、〈賜也〉、〈孟子〉、〈讀蜀志〉屬後者，〈范增〉二首、〈烏江亭〉屬前者。王安石論政詩詠史詩數量很多，也甚具特色，但是也有數量可觀、藝術性也不低的

抒情詩，只是相對於前代詩人，抒情作品的數量顯得較少，且比較不爲學者重視而已。凡親情、友誼、鄉愁旅思，及其他抒懷之作都有。表現情感的方式不似唐人那樣奔放，而是比較沈潛內斂的。如〈葛谿驛〉、〈示長安君〉、〈題西太一宮壁〉、〈泊船瓜洲〉，都是美而深情之作。有些不欣賞他的人，摭取他那些說理議論之作借題發揮，說他寡情狠戾，是以偏概全的說法。閑適詩，可以說是王安石作品之中藝術性最高的作品。無論摹景寫生，設色烘染，自然而靈動，達到詩中有畫的絕妙境界。那些晚年的小品，有人說它一味清新而乏風骨，換句話說，就是思想空洞，內容貧乏的意思，那也是不正確的。王安石的閑適，是在人生遭遇窘迫的境況，強烈的挫折打擊，之後勘透世俗之是非得失，沈澱出來的一種曠達的人生觀，在生活上精神上無所爲而爲，無牽無掛的自在。是情緒由紛擾恢復到寧靜，由悲憤昇華到平和的作品，只是不甚著跡而已。一般人徒然風誦其雅麗絕倫的詩語，若不深體他心路上的失意落寞，便無法讀出詩境的高華與情感深曲蘊藉。〈寄蔡天啓〉、〈歲晚〉、〈初夏即事〉、〈南浦〉等任誰都一看即知是好的作品。〈鍾山即事〉、〈春晴〉即無理而妙，不可以常理待之。說理寓理之作，自以寓理爲佳，閑適詩多即寓理之作，從中可以領略王安石晚年的處世態度，真淡泊而無營。題畫詩，內容往往涉有議論，如〈虎圖〉、〈杜甫畫像〉，是王安石早年精心的傑作，採夾敘夾議法。而〈純甫出惠崇畫要予作詩〉及〈題燕侍郎山水圖〉，則是先敘後議法。〈題扇〉一首，以神話故事爲素材，寫仙女在蒼穹奔波寂寞的生涯，實隱寓其爲相高處不勝寒之心情。詠物詩，與歐陽脩、蘇軾作風近似，不以描摹出事物細微之外觀爲能事，而是掌握某些特質加以發揮，傳其神理，寄託懷抱。寓言者，言在此而意在彼。寓言詩往往運用其想像力，構思一個新穎的故事，借其中主角人物的口，代己發言，以達到教化和啓發人心的目的。如〈與昌叔賦鴈奴〉、〈我欲往滄海〉，都含有政治宣傳的意味。登臨題，在王安石詩中也不少，往往非純粹寫景，而是詠史弔古，抒寫懷抱與心中感概，也有關除神仙迷信思想

的。不僅章法不拘於一格，內容也非常豐富充實。

　　五、在體裁句調方面，採用近體多於古風，近體以七絕五百一十四首最多，與七律三百九十七首合計，超過所有作品二分之一以上。是王安石最喜好、佳作也最多的詩體。再加上五律一百五十首，五絕七十四首，便超過所有作品三分之二以上。其餘五古有三百零六首，絕大多數是一韻到底。七古有一百一十四首，不換韻的有七十七首。雜言古風僅佔極少數，十八首中換韻的有十五首。近體可以謹嚴到一字不差地遵守聲調譜來做，但往往喜歡運用相對於勻整和諧而較爲拗峭的聲調創作，特別是七言。詩律精微細致之處，不讓於江西黃庭堅。有少部份七言，首句句腳襯韻，爲當時詩壇一種風氣。古體除平韻七古以外，所有五古及仄韻七古、換韻七古，都比較喜歡使用拘束較少，屬於新興而又仿古的形式。近體刻意使用拗句的作用，是使詩句顯得更新更奇；而古風的作法，則盡量還原其本來較爲古拙的面目。共同的用意，無非是在重重格律限制之下，使詩的創作有限度的開放自由一些。這種拗的聲調，往往與拗折的句法、倒裝的詩句配合，使形式內容融而爲一，達到強健語勢、強調句意的作用。這對後來江西派形成鉅大的影響。在修辭技巧方面，王安石每以對偶精嚴、善於鍊字、喜用典故，而爲學者所稱。其實，象徵、譬喻、擬人、聯想、用典翻案，及連綿字、顏色字、數字的運用，才是最大的特色。熟悉王安石象徵的手法，可以解讀許多含意委婉的作品，如〈出郊〉、〈半山春晚即事〉、〈鐘山即事〉，甚至〈明妃曲〉、〈夜直〉、〈雨花臺〉、〈寶公塔〉等。純用白描的，詩句往往雅麗精潔，與典故結合的，則較晦澀、富有衝突性。擬人手法，在王安石詩中也非常普遍，與象徵一般，也最值得學習。凡大自然風物，山川雲月花鳥蟲魚，賦與它們的人的性情才能神氣，可以化爲可愛的朋友、可憎惡的政敵等。而在句中關鍵處以活字點眼，可使句子靈動，增添生氣。無論象徵譬喻和擬人，都屬於聯想作用，而不含上述幾種作用的聯想，純然是經由某一種事物喚起某種靈感，在王安石詩中也歸納出不少。譬如看到畫中景象，可以

改變當時身體對寒暑的感受，也可以喚起昔日深藏的記憶；看到親手栽種的松樹，可以聯想到蒲柳，連帶興起生命短暫脆弱及今昔滄桑之感。如此豐富了詩的內容，並加深了詩的意味。至於用典翻案，更是典故活用的方式，有據史實翻案，有據假設而翻案，更有據舊詩句及成語翻案，皆能在詩意上別出新裁，予人耳目一新之感。偶然有無理而妙、不可以常理待之的意趣產生，與誇飾作用異曲而同工！

重要參考書目

1. 《王臨川全集》，宋・王安石著，世界書局。

2. 《臨川集補遺》，清・陸心源等輯，華正書局（附《臨川先生文集》後）。

3. 《箋註王荊文公詩》，宋・李壁箋註，劉辰翁評點，廣文書局。

4. 《王荊公詩文沈氏注》，清・沈欽韓注，古亭書屋。

5. 《王安石詩》，民國・夏敬觀選注，商務印書館。

6. 《王安石詩選》，民國・周錫韍注，遠流出版社。

7. 《王荊文公年譜》，宋・詹大和撰，廣文書局（附《箋註王荊文公詩》前）。

8. 《王荊公年譜考略》，清・蔡元鳳著，洪氏出版社。

9. 《王荊國文公年譜》，清・顧棟高撰，河洛圖書出版社（附《王安石全集》前）。

10. 《王安石年譜》，民國・夏敬觀撰，商務印書館（附《王安石詩》前）。

11. 《王安石年譜》，民國・柯敦伯撰，商務印書館（附《王安石》前）。

12. 《王安石年表》，民國・柯昌頤撰，世界書局（附《王臨川全集》前）

13. 《王安石年譜》，民國・周錫韍撰，遠流出版社（附《王安石詩選》後）。

14. 《史記》，漢・司馬遷撰，藝文印書館。

15. 《漢書》，漢・班固撰，藝文印書館。

16. 《後漢書》，宋·范曄撰，藝文印書館。

17. 《三國志》，晉·陳壽撰，藝文印書館。

18. 《宋史》，元·托克托等撰，藝文印書館。

19. 《續資治通鑑長編》，宋·李燾編，世界書局。

20. 《續資治通鑑長編紀事本末》，宋·楊仲良撰，文海出版社。

21. 《宋史紀事本末》，明·陳邦瞻輯，三民書局。

22. 《王荊公》，民國·梁啓超撰，臺灣中華書局。

23. 《四庫全書總目》，清·紀昀等撰，藝文印書館。

24. 《四庫提要辨證》，民國·余嘉錫撰，藝文印書館。

25. 《莊子集釋》，清·郭慶藩撰，河洛出版社。

26. 《涑水紀聞》，宋·司馬光撰，世界書局。

27. 《能改齋漫錄》，宋·吳曾撰，木鐸出版社。

28. 《墨莊漫錄》，宋·張邦基撰，商務印書館。

29. 《賓退錄》，宋·趙與時撰，廣文書局。

30. 《宋人軼事彙編》，民國·丁傳靖輯，中文出版社。

31. 《昌黎文集》，唐·韓愈撰，商務印書館《四庫全書珍本》。

32. 《長江集》，唐·賈島撰，商務印書館《四庫全書珍本》。

33. 《白氏長慶集》，唐·白居易撰，商務印書館《四庫全書珍本》。

34. 《玉谿生詩集箋註》，清·馮浩注，漢京文化事業有限公司。

35. 《小畜集》，宋·王禹偁撰，商務印書館《四庫全書珍本》。

36. 《徂徠集》，宋·石介撰，商務印書館《四庫全書珍本》。

37. 《河東集》，宋·柳開撰，商務印書館《四庫全書珍本》。

38. 《穆參軍集》，宋·穆修撰，商務印書館《四庫全書珍本》。

39. 《忠愍集》，宋·寇準撰，商務印書館《四庫全書珍本》。

40. 《東觀集》，宋·魏野撰，商務印書館《四庫全書珍本》。

41. 《林和靖集》，宋·林逋撰，商務印書館《四庫全書珍本》。

42. 《西崑酬唱集》，宋·楊億編，商務印書館《四庫全書珍本》。

43. 《孫明復小集》，宋·孫復撰，商務印書館《四庫全書珍本》。

44. 《旴江集》，宋·李覯撰，商務印書館《四庫全書珍本》。

45. 《范文正集》，宋·范仲淹撰，商務印書館《四庫全書珍本》。

46. 《蘇學士集》，宋·蘇舜欽撰，商務印書館《四庫全書珍本》。

47. 《宛陵集》，宋・梅聖俞撰，商務印書館《四庫全書珍本》。

48. 《歐陽文忠公集》，宋・歐陽脩撰，商務印書館《四庫全書珍本》。

49. 《嘉祐集》，宋・蘇洵撰，商務印書館《四庫全書珍本》。

50. 《蘇東坡全集》，宋・蘇軾撰，世界書局。

51. 《山谷全集》，宋・黃庭堅撰，台灣中華書局。

52. 《張右史文集》，宋・張耒撰，商務印書館《四庫全書珍本》。

53. 《嵩山集》，宋・晁說之撰，商務印書館《四庫全書珍本》。

54. 《元豐類稿》，宋・曾鞏撰，商務印書館《四庫全書珍本》。

55. 《朱子語類》，宋・黎靖德編，漢京文化事業有限公司。

56. 《象山全集》，宋・陸象山撰，商務印書館《四庫全書珍本》。

57. 《陶山集》，宋・陸佃撰，商務印書館《四庫全書珍本》。

58. 《清容居士集》，元・袁桷撰，臺灣中華書局。

59. 《桐江續集》，元・方回撰，商務印書館《四庫全書珍本》。

60. 《堯峰文鈔》，清・汪琬撰，商務印書館《四庫全書珍本》。

61. 《曾文正公全集》，清・曾國藩撰，商務印書館《四庫全書珍本》。

62. 《紀批瀛奎律髓》，清・紀昀撰，佩文書社。

63. 《宋詩鈔》，清・吳之振編，世界書局。

64. 《宋詩精華錄》，民國・陳衍評點，廣文書局。

65. 《唐宋詩舉要》，民國・高步瀛選注，學海出版社。

66. 《宋詩選註》，民國・錢鍾書選註，新文豐出版公司。

67. 《六一詩話》，宋・歐陽修撰，藝文印書館《歷代詩話》本。

68. 《溫公續詩話》，宋・司馬光撰，藝文印書館《歷代詩話》本。

69. 《中山詩話》，宋・劉攽撰，藝文印書館《歷代詩話》本。

70. 《後山詩話》，宋・陳師道撰，藝文印書館《歷代詩話》本。

71. 《臨漢隱居詩話》，宋・魏泰撰，藝文印書館《歷代詩話》本。

72. 《彥周詩話》，宋・許顗撰，藝文印書館《歷代詩話》本。

73. 《石林詩話》，宋・葉少蘊撰，藝文印書館《歷代詩話》本。

74. 《唐子西詩話》，宋・強幼安撰，藝文印書館《歷代詩話》本。

75. 《珊瑚鉤詩話》，宋・張表臣撰，藝文印書館《歷代詩話》本。

76. 《韻語陽秋》，宋・葛立方撰，藝文印書館《歷代詩話》本。

77. 《滄浪詩話》，宋・嚴羽撰，藝文印書館《歷代詩話》本。

78. 《觀林詩話》，宋‧吳开撰，藝文印書館《續歷代詩話》本。

79. 《誠齋詩話》，宋‧楊萬里撰，藝文印書館《續歷代詩話》本。

80. 《優古堂詩話》，宋‧吳撰，藝文印書館《續歷代詩話》本。

81. 《艇齋詩話》，宋‧曾季貍撰，藝文印書館《續歷代詩話》本。

82. 《藏海詩話》，宋‧吳可撰，藝文印書館《續歷代詩話》本。

83. 《碧溪詩話》，宋‧黃徹撰，藝文印書館《續歷代詩話》本。

84. 《對夜床語》，宋‧范晞文撰，藝文印書館《續歷代詩話》本。

85. 《歲寒堂詩話》，宋‧張戒撰，藝文印書館《續歷代詩話》本。

86. 《容齋詩話》，宋‧洪邁撰，廣文書局。

87. 《後村詩話》，宋‧劉克莊撰，廣文書局。

88. 《風月堂詩話》，宋‧朱弁撰，廣文書局。

89. 《西清詩話》，宋‧蔡絛撰，廣文書局。

90. 《王直方詩話》，宋‧王直方撰，華正書局《宋詩話輯佚》本。

91. 《漫叟詩話》，宋‧佚名撰，華正書局《宋詩話輯佚》本。

92. 《蔡寬夫詩話》，宋‧蔡啓撰，華正書局《宋詩話輯佚》本。

93. 《洪駒父詩話》，宋‧洪芻撰，華正書局《宋詩話輯佚》本。

94. 《高齋詩話》，宋‧曾慥撰，華正書局《宋詩話輯佚》本。

95. 《玉林詩話》，宋‧黃昇撰，華正書局《宋詩話輯佚》本。

96. 《藝苑雌黃》，宋‧嚴有翼撰，華正書局《宋詩話輯佚》本。

97. 《苕溪漁隱叢話》，宋‧胡仔撰，廣文書局。

98. 《詩人玉屑》，宋‧魏慶之撰，台灣商務印書館。

99. 《詩話總龜》，宋‧阮閱編，廣文書局。

100. 《詩林廣記》，宋‧蔡正孫編，廣文書局。

101. 《梅磵詩話》，元‧韋居安撰，藝文印書館《續歷代詩話》本。

102. 《吳禮部詩話》，元‧吳師道撰，藝文印書館《續歷代詩話》本。

103. 《升菴詩話》，明‧楊慎撰，藝文印書館《續歷代詩話》本。

104. 《藝苑巵言》，明‧王世貞撰，藝文印書館《續歷代詩話》本。

105. 《歸田詩話》，明‧瞿佑撰，藝文印書館《續歷代詩話》本。

106. 《南濠詩話》，明‧都穆撰，藝文印書館《續歷代詩話》本。

107. 《懷麓堂詩話》，明‧李東陽撰，藝文印書館《續歷代詩話》本。

108. 《瀛奎律髓》，元‧方回撰，藝文印書館。

109. 《菊坡叢話》，元・單宇撰，廣文書局。

110. 《詩藪》，明・胡應麟撰，廣文書局。

111. 《答萬季埜詩問》，清・吳喬著，藝文印書館清詩話本。

112. 《寒廳詩話》，清・顧嗣立著，藝文印書館清詩話本。

113. 《師友詩傳續錄》，清・王士禎答，藝文印書館清詩話本。

114. 《說詩晬語》，清・沈德潛著，藝文印書館清詩話本。

115. 《原詩》，清・葉燮著，藝文印書館清詩話本。

116. 《一瓢詩話》，清・薛雪著，藝文印書館清詩話本。

117. 《載酒園詩話》，清・賀裳著，藝文印書館清詩話續編本。

118. 《圍爐詩話》，清・吳喬著，藝文印書館清詩話續編本。

119. 《甌北詩話》，清・趙翼著，藝文印書館清詩話續編本。

120. 《石洲詩話》，清・翁方綱著，藝文印書館清詩話續編本。

121. 《筱園詩話》，清・朱庭軫著，藝文印書館清詩話續編本。

122. 《詩概》，清・劉熙載著，藝文印書館清詩話續編本。

123. 《隨園詩話》，清・袁枚撰，廣文書局。

124. 《昭昧詹言》，清・方東樹撰，廣文書局。

125. 《石遺室詩話》，民國・陳衍撰，台灣商務印書館。

126. 《宋詩話輯佚》，民國・郭紹虞輯，華正書局。

127. 《百種詩話類編》，民國・臺師靜農編，藝文印書館。

128. 《詩詞曲作法欣賞研究》，民國・王力著，文津出版社。

129. 《中國文學發展史》，民國・劉大杰著，華正書局。

130. 《宋詩研究》，民國・胡雲翼撰，宏業書局。

131. 《宋詩概說》，日本・吉川幸次郎著，民國鄭清茂譯，聯經出版事業公司。

132. 《文心雕龍註》，梁・劉勰著，文史哲出版社。

133. 《文學概論》，民國・劉萍著，華正書局。

134. 《文藝心理學》，民國・朱光潛著，臺灣開明書店。

135. 《中國文學理論》，民國・劉若愚著，杜國清譯，聯經出版事業公司。

136. 《中國文學欣賞舉隅》，民國・傅庚生撰，文馨出版社。

137. 《中國文學批評史》，民國・郭紹虞撰，粹文堂書局。

138. 《唐詩三百首詳析》，民國・喻守眞撰，臺灣中華書局。

139. 《唐詩三百首集釋》，鴛湖散人撰輯，藝文印書館。

140. 《近體詩發凡》，民國・張師夢機著，臺灣中華書局。

141. 《字句鍛鍊法》，民國・黃永武著，商務印書館。

142. 《中國詩學鑑賞篇》，民國・黃永武著，巨流圖書公司。

143. 《王安石新法研述》，民國・帥鴻勳撰，正中書局。

144. 《王安石的新政》，民國・楊懋泰著，世界書局。

145. 《李覯與王安石研究》，民國・夏長樸著，大安出版社。

146. 《禪學與唐宋詩學》，民國・杜松柏撰，黎明文化事業公司。

147. 《宋金四家文學批評研究》，民國・張健著，聯經出版事業公司。

148. 《中國文化史》，民國・柳詒徵編著，正中書局。

149. 《景午叢編》，民國・鄭師因百撰，臺灣中華書局。

150. 《宋詩之傳承與開拓》，民國・張高評著，文史哲出版社。

151. 《兩宋文史論叢》，民國・黃啓方著，學海出版社。

152. 《宋詩論文選輯》，民國・黃永武、張高評著，復文圖書出版社。

153. 《北宋文學批評資料彙編》，民國・黃啓方編輯，成文出版社。

154. 《王荊公詩探究》，民國・李燕新撰，高雄師範學院國文研究所碩士論文。

155. 〈論王安詩〉，民國・徐守濤撰，《中國詩季刊》四卷 4 期。

156. 〈王安石〉，民國・張白山著，國文天地。

157. 〈記王荊公詩集李壁箋注的版本〉，民國・臺師靜農撰，《輔仁學誌》第十卷。

158. 〈六朝唯美文學〉，民國・張仁青著，文史哲出版社。

159. 〈宋詩特徵試論〉，民國・徐復觀撰，《宋詩論文選輯》。

160. 〈宋詩派別論〉，民國・梁昆撰，《宋詩論文選輯》。

161. 〈詩人的寂寞〉，民國・鄭師因百著，《景午叢編》。

162. 〈謝安的夢與王安石的詩〉，民國・鄭師因百著，《景午叢編》。

163. 〈王安石〉，民國・高大鵬撰。